Los perros duros no bailan

Los perros duros no bailan

Arturo Pérez-Reverte

ALFAGUARA

Papel certificado por el Forest Stewardship Council®

Primera edición: abril de 2018
Primera reimpresión: abril de 2018

© 2018, Arturo Pérez-Reverte
© 2018, Penguin Random House Grupo Editorial, S. A. U.
Travessera de Gràcia, 47-49. 08021 Barcelona

Printed in Spain – Impreso en España

ISBN: 978-84-204-3269-4
Depósito legal: B-3031-2018

Compuesto en MT Color & Diseño, S. L.
Impreso en EGEDSA, Sabadell (Barcelona)

AL32694

Penguin
Random House
Grupo Editorial

A Sombra, Morgan, Mordaunt,
Sherlock, Rumba y Ágata

*Desde que tuve fuerzas para roer un hueso, tuve
deseo de hablar para decir cosas que depositaba en
la memoria.*

Miguel de Cervantes,
El coloquio de los perros

1. El Abrevadero de Margot

Mi amo creía que peleaba por él, pero se equivocaba. Siempre peleé por mí. Debido a mi raza y a mi carácter, soy un luchador nato: en aquel tiempo pesaba cincuenta kilos, medía setenta y cuatro centímetros de las patas a la cruz y poseía una boca con fuertes colmillos en la que habría cabido la cabeza de un niño. Nací mestizo, cruce de mastín español y fila brasileño. Cuando cachorro tuve uno de esos nombres tiernos y ridículos que se les ponen a los perrillos recién nacidos, pero desde aquello pasó demasiado tiempo. Lo he olvidado. Hace mucho que todos me llaman Negro.

Agilulfo —un podenco flaco, filósofo y culto que sabe de estas cosas— asegura que nací para el combate; que soy un guerrero antiguo con una estirpe gladiadora tan vieja como la historia de los humanos. Por lo visto, mis antepasados destriparon osos y lobos en las montañas, leones en el Coliseo, acompañaron a las legiones romanas y despedazaron bárbaros en las selvas de Germania y el limes del Danubio, cazaron indios en el Caribe y esclavos negros fugitivos en las selvas amazónicas. Todo un currículum, dice Agilulfo. Quizá por eso, añade, los perros de mi casta, ya desde cachorros, tenemos ojos de viejo, alma llena de costurones y mirada resignada, hecha de siglos de sangre y fatalidad. El hombre nos hizo asesinos, o casi. Y lo sabemos.

—Salud, Negro.

—Salud, colega.

—¿Un sorbito de anisado?

—Nunca digo que no a eso.

—Pues tú mismo.

Fue Agilulfo quien primero me habló de la desaparición de Teo y Boris el Guapo. Yo había ido esa noche, como de costumbre, al Abrevadero de Margot, junto a la destilería de anís que vierte su desagüe en el río, y estaba allí dándole lengüetazos al canalillo, pensando en mis cosas. Sin demasiado éxito.

En los últimos tiempos, pensar me supone mucho esfuerzo. Mi cabeza ya no es lo que era. Las ideas y los recuerdos van y vienen, y las cicatrices viejas que tengo en el hocico, las patas y el lomo parecen volverse frescas. Envejezco, supongo. En nosotros los perros ocurre rápido.

—¿Qué piensas, Negro?

—No sabría decirte.

Agilulfo me observaba atento, cada vez más preocupado. En ocasiones —y esto pasa con frecuencia— me quedo en blanco, o absorto con algo fijo y clavado en la cabeza, y el cuerpo me hormiguea con un temblor extraño. Eso ya no es la edad, sino la memoria. No en vano durante dos años me estuve ganando la vida en lo que llaman peleas de perros, ya saben: un círculo —el Desolladero, en jerga perruna—, un montón de humanos sudorosos y vociferantes apostando dinero, y dos púgiles de ojos enloquecidos enfrentándose a dentelladas. A vida o muerte. Y tales cosas no ocurren y se olvidan sin más.

—A ratos pareces ido, Negro. Como si no estuvieras aquí.

—A lo mejor es que no estoy.

Agilulfo se frotó el hocico tras un sorbo al canalillo. Ya dije antes que es un perro culto. Su dueño es un humano con biblioteca grande y que va mucho al cine.

—Estar o no estar —sentenció, grave.

—Será eso.

—Ser o no ser, como dijo el bardo.

—¿Qué bardo?

—Ni idea. Mi amo lo llama así.

—Ah.

—Escribió teatro, por lo visto.

—Vaya.

A menudo vuelvo en mí, desnudos los colmillos, gruñéndole al vacío tras creerme rodeado por gritos de humanos, humo de cigarrillos, espectros de perros a los que maté o dejé inválidos: los mismos que me infligieron en el cuerpo, y sospecho que también en algún lugar adentro, las marcas que entreveran mi pelaje oscuro. Margot la Porteña, la boyera de Flandes que se encarga del Abrevadero —limpia las basuras y los plásticos, y mantiene alejados a los gatos y sus meadas y a las palomas y sus cagadas—, cuenta que cuando se me va la olla me pongo a pelear contra el aire, como si estuviera majara.

—En tales casos, mirá —suele decir—, lo mejor es quitarse de en medio y esperar a que se calme el quilombo... El Negro metido en bronca es mucho perro, che. Te amasija sin despeinarse.

Agilulfo, que tiene más mundo y vista, sostiene que lo mío tiene que ver con esos humanos a los que llaman boxeadores.

—Ya sabes —resume—. Esos que van sonados de tanto recibir trompazos y besar la lona.

En mi caso, lo de besar la lona ha ocurrido pocas veces, y nunca como final de un combate. Por eso puedo contarlo, claro. Cuando un perro de pelea la besa de verdad, ahí se acaba su carrera y a menudo su vida. Si está malherido, lo rematan sin contemplaciones; y si todavía colea, terminará sirviendo de entrenamiento a otros que empiezan, o amarrado en un solar, un garaje o una nave cochambrosa, de guardián, roto por dentro y por fuera. Enloquecido de sed, soledad y miedo.

—Seguimos sin saber nada de Teo —me dijo Agilulfo aquella noche.

Bebí otro sorbo del canalillo y mantuve la cabeza baja y las orejas gachas, preocupado. Teo era mi mejor amigo. O lo había sido hasta poco tiempo atrás. Un sabueso rodesiano serio y fuerte, muy de fiar. Rara vez faltaba a nuestras tertulias donde lo de Margot.

—Lo vi aquí hace dos semanas —le dije a Agilulfo—. Y tú también.

—Claro que sí. Cuando te fuiste, se quedó con Boris el Guapo... Lengüetearon anís hasta tarde y se fueron charlando de sus cosas. Los vieron juntos por el pasaje de la Rata.

—¿Quién los vio?

Agilulfo contemplaba, estoico, una garrapata que le subía por la pata derecha.

—Susa.

—¿La lumi?

—Sí. Según cuenta, los dos iban relajados, moviendo el rabo.

—¿Fue lo único que movieron?

—Eso asegura ella. El señoritingo y el tipo duro, dice que pensó. Les ladró un poco, la saludaron y pasaron de largo.

—¿Sin olisquearla siquiera?

—Está muy vista.

Sonreí como sonreímos los perros, sacando un poco la lengua y resoplando dos o tres veces: arf, arf, arf. Susa era una mestiza callejera de las que nunca dicen no. Solía apostarse frente al pasaje de la Rata en busca de compañía, y raro era que no la encontrase. A veces los perrillos jóvenes acudían en grupo, y desbravaba a varios a la vez. Yo mismo, en otros tiempos, había tenido que ver con ella, como cada perro macho de la vecindad, a excepción de Rudi —alias Perlita la Dog Queen—: un delicado caniche gris perla que tocaba otra música.

—A partir de ahí —siguió contando Agilulfo— nada se sabe de ellos. Ni del uno ni del otro. Por lo visto, Boris nunca llegó a su casa.

—¿Y Teo?

—Pues parece que tampoco.

—Qué raro.

—Y que lo digas. Él es animal de costumbres.

Guardé un breve silencio. Teo vivía con una viejecita viuda, de pocos recursos, a la que vigilaba el jardinillo a cambio de comida. Solía tumbarse a la sombra de la ropa tendida.

—No lo he visto desde hace tiempo, como te digo —concluí al fin, apoyando la cabeza entre las patas—. Y la última vez apenas cambiamos media docena de gruñidos.

Agilulfo dio otro lametón al canalillo y se enjugó la trufa frotándola en mi flanco. Luego eructó con efluvios anisados antes de tumbarse cerca. Con eso de que era filósofo —ládrate a ti mismo, era su lema favorito—, solía permitirse ciertas confianzas.

—Pues tampoco aparece —comentó—. Como vivo junto a su casa, al venir eché un vistazo. La comida y el agua siguen sin tocar, en la puerta... Y en cuanto a Boris el Guapo, sus dueños pusieron avisos de desaparición hace unos días. ¿No has visto los carteles pegados en las farolas y en los árboles?

Negué con la cabeza. Había estado mucho tiempo dormitando bajo un puente del río, con un extraño rumor en los sesos. No era mi mejor semana. Lo que ignoraba era que se avecinaban días peores.

—Ahí lo tienes —Agilulfo me arrimó con la pata una fotocopia arrugada que estaba en el suelo.

Margot se había acercado a echar un vistazo curioso desde el otro lado del canalillo.

—Hasta en las fotos —dijo— sale bacán ese chucho.

—No es un chucho —precisó Agilulfo, fingidamente ecuánime—. Es un lebrel ruso de ojos dorados —hizo una pausa irónica—. Raza borzoi, o sea. Un aristócrata.

Margot emitió un estertor muy parecido a una risa despectiva. Aunque tenía dos o tres cuartos de boyera de Flandes, su acento era porteño. La había traído de la Argentina un cantante de milongas que murió al poco, o se fue, o vaya usted a saber, dejándola en la calle sin oficio ni beneficio hasta que se le ocurrió encargarse del Abrevadero.

—Todos somos chuchos, mirá. Desde que renegamos de la estirpe libre y orguchosa del lobo, el laburo de servir a los humanos nos envilese. Así que chuchos, ¿viste?... Chuchos y rechuchos.

Margot era, y lo sigue siendo, una perra resentida, áspera, feminista —ninguno de nosotros podía alardear de haberla montado nunca— y con muy mala leche. Aunque tuviera sus debilidades, como todo el mundo. Yo era una de ellas. Me trataba bien, me dejaba privar en la parte más limpia y fresca del canalillo, y cuando los diablos se me subían al tejado me permitía tumbarme allí mismo y me daba lametones en el hocico y en la tripa hasta que volvía en mí y me calmaba un poco. Luego, como para que yo no tomara aquello por lo que no era, se pasaba un par de días marcando distancias. Ahora estábamos en esa fase.

—Y más en estos tiempos de boludez y cambalache —apostilló, mirándome de soslayo— en que cualquiera se vende por un miserable hueso.

—Incluso por un hueso sin tuétano —apunté, guasón.

—Exacto, che. O vende a los camaradas.

—Canis canis lupus —filosofó Agilulfo.

Me observaba con intención —estaba al corriente de mi pasado—, y yo aparté la mirada con el pretexto de estudiar la fotocopia. Y allí estaba, en efecto, Boris el Guapo con su largo pelo sedoso y limpio, el hocico distinguido, los ojos color de oro aterciopelados y petulantes, su collar antiparásitos al cuello además del otro, el superexclusivo de cuero trenzado, con todas las chapas reglamentarias imaginables: vacuna de la rabia, vacuna del moquillo, vacuna de todo. Un colega cuidado y de buena familia.

Perdido perro que responde al nombre de Boris, debía de decir el texto. Se gratificará, etcétera. No estoy muy puesto en las cuentas de los humanos, pero la cifra parecía enorme, a tono con el animal, los dueños y cuanto rodeaba la vida del perro en cuestión, uno de esos mierdecillas privilegiados que nacen sobre almohadones, sólo se cruzan con hembras de pedigrí y ganan concursos de belleza canina parándose así, con posturitas elegantes en plan foto.

—Hay que reconoser —apuntó Margot, mirando también la fotocopia— que es bien chic, el ruski pelotudo.

Asentí, objetivo. Lo de Guapo no se lo decían a Boris al buen tuntún: había ganado premios y lo cruzaban de vez en cuando con espléndidas hembras de pelo rubio y largas patas, de esas que sólo ves fotografiadas en la revista *Perros y Perras* —Teo solía decir que tales hembras no existían, que eran de mentira, que las diseñaban los humanos con ordenador— o asomando el hocico por la ventanilla trasera de coches de lujo. Sí. A diferencia de Teo, de mí mismo, de todos nosotros, Boris el Guapo era un triunfador nato, de esos que pasan por la acera muy erguidos y obedientes al extremo de la correa de sus distinguidos amos, y a cualquier pava de raza canina se le hace el culito agua de limón. Esnob hijo de perra.

Me quedé hasta tarde donde lo de Margot, pensando, entre lengüetazos al canalillo. O intentándolo. Me refiero a lo de pensar. Lo cierto es que la suerte de Boris el Guapo me importaba un carajo de chihuahua, pero lo de Teo era diferente. Como dije antes, ese sabueso rodesiano de buen aspecto, pelo trigueño rojizo y patas musculosas era mi mejor amigo, o lo había sido. Callado, fuerte, valiente. Un tipo fiable. Sus antepasados, a la manera de los míos, cazaban leones y negros en África del Sur, o por ahí. Ése fue asunto de largas conversaciones desde que nos conocimos cosa de un año atrás, recién retirado yo de los garitos de pelea, una noche en que cada uno bebía en el canalillo por su cuenta. Alguien, no recuerdo si Agilulfo u otro parroquiano, comentó que en mis tiempos yo había sido una estrella en el Desolladero, y Teo —nunca nos habíamos visto antes— me observó un rato largo con curiosidad.

—Vaya forma de ganarse la vida —dijo al fin, mirándome a los ojos.

—Peor sería bailar a dos patas en un circo —respondí—. O ser perro policía.

Movió la cabeza como si apreciara la respuesta y siguió observándome, la lengua medio fuera en un apunte de sonrisa afable.

—De todas formas, resién se retiró aquí, el grandote —dijo Margot desde el otro lado del canalillo.

Teo me dirigió una mirada curiosa.

—¿Por qué?

Hablaba con calma, sin rastro de provocación. Yo mojé el hocico y luego me lo enjugué con una pata.

—En ese oficio —dije al fin—, te retiras o te retiran.

Siguió mirándome un poco más, como si reflexionara sobre aquello. Al cabo asintió con las orejas.

—Me llamo Teo —dijo.

—Negro —respondí.

Nos tocamos una pata y seguimos bebiendo sin decir nada más. En ésas, una jauría de seis bastardos se dejó caer por el Abrevadero con ganas de bronca e intención de darle luego un repaso a Susa. Pero antes la emprendieron conmigo.

—Tú eres el que luchaba en peleas, ¿no? —ladró uno de malas maneras.

—No me acuerdo.

—Pues yo sí... Eres el puto Negro, ¿verdad?

—¿Y qué pasa si lo soy?

—Que tenemos pulgas pendientes, tío.

El comportaos, chicos, de Margot no sirvió de nada. El tiñalpa aseguró que yo había dejado inválido a un primo suyo en algún antro de apuestas. Lo cual era posible, porque nunca llevé la cuenta. El caso es que los seis eran raza desalmada, bajuna, chusqueles hechos a cazar ratas, revolver cubos de basura y atacar en grupo. Gentuza canina.

—Mi primo, tío —insistía el menda—. Jodiste bien a mi primo. Su dueño lo tiró a un pozo por tu culpa.

Al tercer lengüetazo de anisado empezaron a calentarse unos a otros, y al cabo me vinieron encima enseñando los colmillos mientras ladraban como locos. Incluso para un profesional, y yo lo era, seis a la vez sumaban muchos. Destripé a uno, le arranqué una oreja y medio hocico a otro y, resignado, resuelto a vender caro mi pellejo, me debatí lo mejor que pude mientras el resto me mordía las corvas y el pescuezo, buscándome las venas del cuello. Me estaban dejando listo de papeles.

—Lo van a masacrar esos delincuentes, che —se alarmaba Margot.

Entonces Teo, que fiel al viejo y sabio refrán canino —que cada perro se lama su órgano— había estado mirando el espectáculo desde la esquina del canalillo sin meterse donde no lo llamaban, cambió de idea y se sumó a la melé, echándome una pata. Y, bueno. Un mastín cruzado con fila brasileño y un sabueso rodesiano en el mismo bando son ladridos mayores, así que un momento después teníamos las fauces goteando sangre, a tres de los bastardos desparramados por el suelo y a los otros con el rabo entre las patas, uñas en polvorosa.

—Ni beber en paz lo dejan a uno —comentó Teo, sacudiéndose las gotas rojas del hocico.

Y allí mismo, ante la mirada aprobadora de Margot —Agilulfo, también presente, se había mantenido a prudente distancia, haciendo con las orejas la V de paz, colegas, y soltando sentencias me parece que en griego—, Teo y yo nos hicimos amigos. Los mejores del mundo. Y habríamos seguido siéndolo si Dido no hubiera entrado en nuestras vidas.

Cuando salió la luna y plateó el agua del canalillo, le gruñí un hasta luego a Margot —Agilulfo se había ido haciendo eses, diciendo no sé qué gilipollez sobre irse a vivir a un barril— y anduve despacio, de regreso a casa, si esa palabra cuadra al almacén del que yo era guardián.

No soy un perro inteligente, como dije. Ni siquiera listo. Y los años de Desolladero no me afinaron la claridad de ideas: a veces los sesos parecen movérseme como si estuvieran sueltos. Pero hay que ser un cánido con tan poco juicio como un caballo —esos cuadrúpedos son buenos chicos, aunque más simples que el mecanismo de una bisagra— para no darse cuenta del destino que le aguarda a un luchador cuando es incapaz de mantener el tipo. O se escabulle a tiempo, escapándose de su dueño, o lo liquidan. Le dan matarile.

Y ojo: no soy de los que desertan. Mi raza tiene sus reglas y sus lealtades. Un amo es un amo. Bueno, malo o regular, el mío me sacó de la perrera con once meses, cuando me abandonaron. Y se lo debo. Pero la lealtad de los humanos no es la misma que la nuestra. Y en las peleas de perros, para qué ladrar. Vislumbré ese futuro, o más bien la ausencia de él, con margen suficiente para curarme en salud; y antes de que los años y las fatigas me convirtiesen en despojo listo para el remate, quise demostrar que también podía ser útil fuera de la palestra.

No soy muy listo, repito. Pero más sabe un chucho por ladrado que por leído. Y ahí la jugué bien.

La ocasión se me presentó una noche, cuando un par de humanos intentaron robar en el almacén de mi amo. Yo dormitaba cerca con un ojo abierto, pues hace tiempo que no logro sobar una hora seguida, y me fue fácil saltar la valla de mi perrera, poner a uno en fuga y acorralar al otro a dentelladas contra la pared —el pringado temblaba ante mis colmillos como ante el diablo—, atronando la noche con ladridos, guá, guá, hasta que mi amo salió con un bate de béisbol y blasfemando. Luego, partidario como es de arreglar sus asuntos sin policías de por medio, le dio al caco una paliza de muerte, y yo me gané un hueso de ternera. Un hueso que estaba de puta madre.

—Lo has hecho bien, Negro —me dijo—. Buen perro.

A partir de entonces, atento a mi jubilación, cuando no estaba entrenando para una pelea o encerrado en vísperas de ella procuré mantenerme alerta frente a casos similares, hasta que mi amo se convenció de mi utilidad alternativa como guardián. Por eso, cuando empecé a flojear en los combates —flojera que exageré a propósito, observando acontecimientos—, pude conservar, además de la vida, un plato diario de comida, un hueso de vez en cuando, una vacuna antirrábica, agua fresca y libertad para tumbarme a mis anchas en el almacén y recorrer las calles cuando me apetecía, con sólo saltar la verja. Cierto es que, llegado a ese punto, podía haberme largado para vagabundear a mi aire; pero ya dije que los perros de mi casta —todos los perros, a decir verdad— llevamos en los genes ciertas reglas y ciertos códigos. Aparte que, incluso sin ellos, desertar incluía buscarme la vida en cubos de basura y callejones, a mis años —ocho eran demasiados para un perro de pelea—, con el riesgo añadido de pisar una piel de plátano y terminar cruzando la Puerta Sin Retorno: la siniestra sección de la perrera municipal de la que nadie sale.

Con un amo, sin embargo, ahí estaba yo. Convertido en perro guardián. Hasta collar llevaba: una gruesa cadena de acero que, paradójicamente, me mantenía fuera de la cárcel perruna, a diferencia de otros desgraciados, los abandonados o los infelices a los que nadie reclama, que terminan allí sus días sin otra culpa que tener menos papeles que un conejo de monte.

Ya nunca volvería a pisar el Desolladero. Nunca jamás. O al menos eso creía.

2. Los perros somos machistas

Al día siguiente pasé por donde la viejecita con la que vivía Teo. La ropa estaba tendida, pero a su sombra no vi tumbado a mi amigo. O mi ex amigo. Estuve un rato parado en la acera de enfrente, y al poco salió la abuela. También ella miró alrededor, como si lo buscara, y luego se fue camino del súper de la esquina.

Picada la curiosidad, me dirigí al río, bajo el puente donde en otro tiempo solíamos reunirnos Teo y yo para estar horas en silencio, viendo pasar las barcazas con el fondo del humo de las fábricas en la otra orilla. Persiguiendo a veces, para divertirnos un rato, a las gaviotas que subían río arriba y se paseaban cerca del puente, antes de tumbarnos de nuevo, resollando y muertos de risa. Putas gaviotas, solía decir Teo, con esos picos afilados como navajas, siempre atentas a qué robar. Dando por saco tierra adentro. Mira a esas guarras, Negro. ¿Vamos a por la gris de cabeza blanca?... Realmente las odiaba, aunque a su manera irónica y tranquila. Algún trauma de cachorro, cuando por lo visto una quiso picotearlo. A mí me daban igual, pero era divertido trincar a alguna y partirle el pescuezo, aunque luego estuviéramos un rato escupiendo plumas. Sí. Era un buen ejercicio físico. Los humanos juegan al tenis o al golf, y nosotros cazábamos gaviotas.

En nuestro lugar acostumbrado no había nadie. Era extraño, pensé de regreso al barrio, mientras recorría la vereda a lo largo del río con un trotecillo corto y pensativo, entre humanos en calzón corto y zapatillas que corrían sudorosos a fin de llegar antes a la tumba. Realmente, muy extraño. Teo no era un perro de los que cambian de costumbres por las buenas. Al contrario, tenía poderosos motivos para permanecer allí. Y el motivo principal se llamaba Dido.

La habíamos conocido una mañana, no lejos del puente. Aquél era un barrio elegante de la ciudad, muy distinto al nuestro. Casas con césped delante y detalles así. A ella la paseaba una criada, filipina me parece, al extremo de una correa. Pasó por delante de nosotros dejándonos clavados en el suelo, porque era una perra de bandera: una setter irlandesa tirando a rubia, de andares elegantes, a la que en ese momento el viento le agitaba el pelo largo de las orejas. No como esas cánidas bobas que hacen películas o series de la tele, la megapija de *La dama y el vagabundo,* por ejemplo, ni tampoco artificial y en plan diva tipo Lassie, para entendernos. Dido era un definitivo pedazo de hembra. Estaba tan buena que derretía el asfalto con sólo mover el rabo, y bastaba con verla caminar para comprender que lo sabía. Ellas, las perras, siempre lo saben.

Una de las ventajas que los animales poseemos sobre los humanos es que nadie nos exige ser políticamente correctos. Ahí jugamos en casa. Miren los monos: todo el día dale que te pego al manubrio o la coyunda, a su rollo, con los niños encantados en los zoológicos y los padres riendo la gracia. O sea, que los animales estamos a salvo de esa clase de gilipolleces. De momento, al menos. Nadie anda fiscalizándonos, y cuando se impone nuestra naturaleza tenemos la excusa de que somos, dicen, irracionales. Así que nos dan manga ancha. Cuartelillo, vamos. Con esos antecedentes, no les extrañe que al ver pasar a Dido —luego sabríamos que se llamaba así— por nuestro lado, Teo y yo nos diéramos con el codo de la pata, nos parásemos como un solo perro y le ladrásemos de todo. Guá, guá, guá. Te comeríamos hasta el collar antiparásitos, etcétera. Tía hermosa. Si lo que le dijimos aquel día se lo dice un humano a una humana, el fulano acaba en comisaría a la media hora. Pero por suerte no éramos humanos. Los perros somos machistas, oigan. Faltaría más. Y a mucha honra.

Pero Dido, como dije, era demasiada perra. Lo encajó sin pestañear.

—¿Todo eso me lo vais a hacer vosotros solos? —preguntó con mucho aplomo, mucha casta y mucha guasa.

—Si hace falta, traemos a unos amigos —respondió Teo, siempre rápido.

Nos miró ella brevemente, con el mismo aire despectivo que habría dedicado a un zurullo de gato sarnoso.

—Ya me extrañaba —dijo—. Soy excesivo arroz para tan poco pollo.

Y dejándonos mudos, se alejó con su filipina. Meneando el rabo como una diosa.

Pensaba en eso mientras recorría la vereda junto al río. En ellos dos, Dido y Teo, y en el papel poco airoso que yo había jugado en nuestro triángulo. En los días siguientes al encuentro, mi compadre y yo habíamos estado rondando la casa de ella, una mansión con verja, jardineros y tres coches en la puerta. Al principio, Dido se hizo la estrecha, con apariciones calculadas al otro lado de la verja, mordisqueando una pelota como si no nos viese. Por fin, una tarde se las arregló para escaparse, aprovechando que había entrado un mensajero con paquetes. Teo y yo estábamos tumbados bajo un árbol al otro lado de la calle, y ella vino hasta nosotros despacio. Sin cortarse un pelo.

—Me gustaría beber algo —dijo—. Criaturas.

—¿Como qué? —preguntó Teo.

Ella nos miraba muy tranquila.

—Sorprendedme —dijo.

—¿Hasta qué punto?

—Eso ya lo iremos viendo.

La llevamos al Abrevadero, naturalmente. Eso hizo subir nuestro prestigio entre la peña. Al ver aparecer a la irlandesa rubia, a Agilulfo se le pusieron en punta las orejas y empezó a citar a un tal Dante y a una tal Beatriz, mientras Margot contemplaba a la recién llegada de arriba abajo, con esa mala leche que sólo una perra es capaz de mostrar cuando disecciona a otra perra.

—Este... ¿Qué querés tomar, gachega?

—Lo mismo que ellos.

Margot nos miraba con ojo crítico.

—Pucha. ¿De dónde habéis sacado a esta Barbi?

—En realidad nos sacó ella a nosotros.

Fido, el perro policía —un pastor alemán que curra en la comisaría del barrio—, se acercó dándose importancia. No es mal animal, pero no es muy listo. Tampoco muy honrado. Solemos sobornarlo con facilidad: un hueso de jamón, unas chuches robadas a un niño. Vive y deja vivir.

—¿No eres de aquí?

—Eso salta a la vista —dijo Dido entre lengüetazos al canalillo.

—A ver esas chapas.

Le echó un vistazo al collar, comprobando que todo estaba en regla. Rabia y lo demás. Hasta su nombre y un teléfono llevaba allí.

—Si la vas a detener —dijo Teo, risueño—, méteme en la misma celda.

—Y a mí —añadí.

Fido nos miró indeciso entre enfadarse y tomárselo a broma. Ya he dicho que, como buen perro policía, no es muy rápido de coco. Y más de derechas que Rin-Tin-Tín. Con una pata se rascó pensativo el hocico.

—No son horas para que una chica de buena familia ande por este barrio.

—Tranquilo —dijo Teo—. Que yo la cuido.

—Y yo —dije.

Dido nos miraba, socarrona.

—¿Todo lo hacéis juntos? —preguntó.

—Casi todo.

—Amicitia lucet aequales —sentenció Agilulfo.

—¿Tan iguales son? —preguntó Dido, sin dejar de mirarnos.

Lo comprobó un rato más tarde, bajo nuestro puente. Atardecía, y a la luz cárdena del crepúsculo Teo y yo la montamos sin complejos por nuestra parte ni por la suya. Era un trueno de perra, como digo. Además de guapa, segura de sí como pocas. Sabía a lo que iba. Y hubo allí un detalle que, además de cómo era ella, dice mucho de cómo era yo y de cómo era Teo. Estábamos dándole los primeros lametones, ya más a punto los dos que el pico de una plancha, y Dido se dejaba entre gruñidos de placer, disfrutando del trío. Entonces, por encima de ella, Teo me lanzó una de esas miradas suyas irónicas y tranquilas, cómplice, como diciéndome sírvete tú primero, camarada. Me dispuse a ello, apoyando las patas en el lomo de ella, cuando me vino un escrúpulo repentino. Siempre me han atormentado las imágenes de cachorrillos abandonados en cubos de basura. Ya saben, todo eso.

—¿Estás fértil? —pregunté a Dido.

—Estoy esterilizada, idiota.

Creo que fue en ese momento cuando empecé a perderla, antes incluso de llegar a poseerla. Su tono despectivo, la mirada guasona que Teo me dirigió, me recordaron una vez más que las perras prefieren los golfos a los caballeros. Quedó patente un poco más tarde, después de que él hubiera terminado.

Mientras la montaba —con más urgencia que habilidad, pues grandullón como soy siempre fui torpe con las hembras—, Dido se había limitado a quedarse quieta, flexionadas las patas de atrás. Sumisa, y punto. Pero cuando Teo tomó el relevo con sus modales de chulo de barrio, con su manera canalla de sonreír pasándose la lengua entre los colmillos, ella torció el pescuezo y empezó a tirarle mordiscos apasionados mientras ladraba, enloquecida. Aullando como una perra.

Me detuve indeciso frente a la casa de Dido. Al fin crucé la calle —casi me atropella un automóvil, de lo alobado que iba— y me acerqué a la verja. Ladré dos veces, un ladrido corto y otro largo: nuestra vieja señal de reconocimiento. Y al cabo apareció ella. Debían de acabar de bañarla, porque llevaba el pelo sedoso y suave, suelto en las orejas. Olía a champú Clean Dog que daba gloria, y la trufa le relucía de puro limpia. Apetecía meterle el hocico entre las patas traseras y morir allí.

—Teo ha desaparecido —dije, a bocajarro.

—Lo sé —respondió—. Hace dos semanas que no lo veo. Aunque en él eso es frecuente... Se esfuma cuando le da la gana y luego regresa con una sonrisa, olisqueándote el rabo como si nada hubiera pasado.

—Iba con Boris el Guapo, ¿lo conoces?

—Sí. Tiene su casa al final de esta misma calle.

—Pues desaparecieron juntos. Hay carteles buscando a Boris. De Teo, por supuesto, nadie se ocupa.

—Tú sí, por lo que veo.

—Éramos amigos.

—Sí. Erais.

Sacudió la cabeza para echarse atrás el pelo de las orejas.

—Tenme informada, por favor. ¿Sigues yendo al Abrevadero?

—Claro.

—Si te enteras de algo, ven a contármelo.

Asentí sin decir nada. Dido había metido el hocico entre los barrotes de la verja y me estudiaba con atención.

—En los últimos tiempos no hablabais mucho él y tú, ¿verdad?... Me lo contó.

Procuré mantenerme impasible.

—¿Y qué más te contó?

—Que os habíais distanciado. Tú de él, para ser exactos. Por mi causa.

—No fuiste la causa —dejé caer la lengua entre los colmillos—. No tienes ninguna culpa. Eres una perra libre.

Seguía mirándome, pensativa.

—Hay algo especial en Teo, ¿sabes?... No es un chucho común. Cuando me da un lametón de los suyos, me tiemblan las patas.

—No es asunto mío.

—Lo siento, Negro. De verdad. A fin de cuentas, somos animales. Hay cosas que no van con la razón, sino con el instinto. Teo...

Me aparté de la verja con brusquedad.

—Adiós, Dido. Nos vemos.

—Espera —ella me retenía con los dientes por el collar—. Eres un buen perro, Negro. Mereces una buena hembra.

—Tú no sabes lo que merezco.

—Teo me habló de tu pasado. Las peleas a muerte y todo eso... Es un milagro que sobrevivieras.

—Teo habla demasiado.

—Él te quiere muchísimo, ¿sabes?... Lo único amargo de nuestra relación, me dijo hace poco, es el daño que le hacemos al Negro.

Me encogí de rabo, aparentando indiferencia.

—No tiene importancia. Si tú me hubieras preferido a mí, el daño se lo habríamos hecho a él.

Movía el hocico, dubitativa.

—Dudo que tú me hubieras elegido a costa de él. Antes habrías renunciado a mí, ¿verdad?

—Eso ya no lo sabremos nunca —dije. Y me fui.

Aquella misma tarde, entre basura amontonada que nadie retiraba, interrogué a Susa, la putilla del pasaje de la Rata. Y al principio no añadió gran cosa a lo que yo sabía. Ella había sido la última en ver a Teo y a Boris el Guapo antes de que ambos desaparecieran.

—Iban tranquilos, lomo con lomo. Relajados y a su aire. Les ladré un poco, por si les apetecía fiesta, pero ni caso... Teo me sonrió distraído, con medio colmillo. Boris ni me miró. Iba con el rabo muy tieso, dándose aires como acostumbra. Ojalá te atropelle un camión de cartoneros, pensé. Guapito de mierda.

—¿No recuerdas nada que pueda serme útil?

Susa se quedó un momento pensativa mientras hurgaba en un saco de basura destripado. Desde un poco más lejos, agazapadas entre dos bolsas de plástico, unas ratas nos miraban con sus ojillos rojos y malignos.

—Nada de ese momento —lo pensó un instante y al cabo alzó hacia mí los ojos de mestiza, dubitativa—. Pero al día siguiente oí comentar algo a uno de los chuchos de Tequila.

Levanté un poco las orejas —las llevo recortadas por las viejas peleas, pero no demasiado—. Tequila era una xoloitzcuintle mexicana, inmigrante, que se lo había montado bien. Una cabrona con pintas. Peligrosa y sin escrúpulos. Su banda de perros callejeros controlaba todo el tráfico de huesos y restos de carnicería aprovechables al otro lado del río, cerca del puente nuevo.

—¿Algo como qué? —quise saber.

—El chusquel era uno de sus guardaespaldas: bajito y ancho, mezclado de bóxer, con una mancha clara en torno a un ojo. Se acercó a darme un repaso, estuvo grosero y yo le dije que a ver si se creía Boris el Guapo. Entonces el bastardo se coñeó un rato y acabó diciendo: «Pues como sparring, a ese Boris no lo va a conocer ni la perra que lo parió».

Se me secó la trufa al oír aquello.

—¿Dijo eso?

—Tal cual.

—¿Utilizó esa palabra?... ¿Sparring?

—Que sí, joder. Ya te lo he dicho.

—¿Y sobre Teo?

—De él no dijo nada.

Me quedé pensativo, y los pensamientos eran siniestros. El día parecía haberse oscurecido sobre la ciudad. Aparté con la pata, entre los restos de la basura, un trozo de tocino frito y reseco de muy buen aspecto. Susa lo miró con gula, pero sin atreverse a disputármelo.

—Gracias, chica —dije.

Le pasé el tocino. Primero me miró sorprendida y luego lo olisqueó con deleite.

—Tú sí eres un caballero —comentó, moviendo satisfecha el rabo—. ¿No quieres una alegría antes de irte?

Me ofrecía con mucha naturalidad sus cuartos traseros. Moví la cabeza.

—Otro día, tal vez.

—Vale. Cuando te apetezca, ya sabes dónde estoy.

—Sí, ya sé. Cuídate, Susa.

—Y tú, campeón.

Me hizo gracia que me llamara campeón. Era un detalle, pues casi nadie lo hacía ya. Llevaba demasiado tiempo siendo otra vez sólo el Negro.

Seguía a vueltas con mis ideas oscuras cuando, antes de llegar al puente nuevo, tuve un mal encuentro.

Helmut, un dóberman de pelaje pardo, estaba tumbado en la acera con un par de camaradas, frente a la librería de su dueño. La librería se llama Über Alles y está especializada, me parece, en cosas de la Segunda Guerra Mundial, o una guerra de ésas, con biografías de un tal Hitler —que por lo visto la lió buena hace tiempo— y personajes así. La clientela es gente más bien zumbada que va con botas de soldado, cazadoras bomber y la cabeza rapada, y de vez en cuando pasa por allí la policía y hay leña. Helmut es el perro del dueño, y los dos que lo acompañaban ese día, propiedad de clientes o amigos de su amo, eran otro dóberman y un pastor belga. Como son perros propensos a buscar jarana, estaban los tres sujetos con correas a una farola. Cualquiera los habría evitado, cambiando de acera e incluso de barrio. Pero hay cosas que algunos no podemos hacer. Cada cual tiene su reputación, por maltrecha que ésta acabe yendo. En la mía no cabe cambiar de camino por un perro neonazi. Ni siquiera por tres. A mí lo único que me hace quitarme de en medio son los empleados de la perrera municipal. Con esos humanos cabrones y sus furgonetas verdes sí ando siempre ojo avizor, por la cuenta que me trae. Pero ese día no había ninguno a la vista.

—Vaya, Negro, qué sorpresa. Tú por aquí.

Helmut había levantado la cabeza al verme llegar. Me detuve dentro del radio de acción de su correa. Justo en el radio, pero dentro. No era cosa de que me creyeran intimidado.

—¿Cómo te va, Helmut?

—Pues ya ves. Aquí, viendo pasar la vida.

—¿Ningún perro judío que llevarte a las mandíbulas?

Me miraba Helmut con sus ojos crueles y amarillos, rumiando despacio mis palabras. Miré la esvástica que le colgaba del collar, junto a las chapas de vacunas. No es un cánido muy inteligente. Yo había ladrado en tono bajo, tranquilo, sosteniéndole la cara, pero procurando que me viera los colmillos al hacerlo. Tras un momento, Helmut se volvió al pastor belga.

—¿Has oído, Degrelle?... Hoy el Negro está chistoso.

—Pues no tiene puta gracia —gruñó el otro.

El tercer perro, otro dóberman como dije, daba tirones de la correa, farruco. Era un ejemplar flaco, nervudo, de hocico largo y peligroso.

—Igual busca que le den una lección —dijo.

Me encaré con él girándome despacio, para dedicarle toda la panoplia de perro dispuesto a que no le toquen el hocico: orejas de punta, belfo retraído, colmillos a la vista, mirada fija, cuerpo tenso y rabo rígido.

—Igual busco eso —gruñí.

El dóberman captó el mensaje, porque cerró la boca y dejó de tirar de la correa. Helmut lo miraba de reojo, guasón.

—Nunca empieces lo que no estés seguro de terminar, Heinrich —dijo—. Y menos con el Negro.

—Ya habrá ocasión —apuntó Degrelle—. Y sin correas de por medio.

—Sí.

La mirada amarilla de Helmut me estudiaba con curiosidad.

—Éste no es tu barrio... ¿Puedo ayudarte en algo?

Lo miré, suspicaz. Aquel bestia parda era más peligroso amable que agresivo. Pero tampoco tenía yo nada que perder en ello.

—Busco a Tequila y su gente.

—¿A esa traficante panchita de mierda?

—A ésa.

Helmut cambió una mirada de desprecio con sus acólitos.

—Tiene pulgas la cosa. Esos inmigrantes vienen y se instalan aquí como en su casa. Delincuentes, es lo que son. Escoria. Y nadie hace nada... Europa se va al carajo y nadie hace nada.

—Nosotros sí hacemos —ladró Degrelle, indignado.

Asentía Helmut, vigoroso, la esvástica oscilándole en el cuello.

—En los momentos críticos de la Historia —dijo—, siempre hay un pelotón de perros disciplinados que salva la civilización occidental.

Degrelle aplaudía con las orejas.

—Amén.

—Como nuestros tatarabuelos en Auschwitz —apuntó Heinrich, evocador.

—O en Dachau.

—Ya no hay perros como aquéllos.

—Ni perras.

—Honor y gloria —dijo Helmut.

Los tres se cuadraron, marciales, y levantaron una pata. Pensé que era suficiente, y seguí camino calle abajo.

3. También las cánidas pueden

No era fácil penetrar en el cuartel general de Tequila. Había que pasar antes por un callejón custodiado por dos mastines del Pirineo grandes como hipopótamos, uno blanco y otro negro, que daban miedo con sólo mirarlos, y llegar hasta el garaje abandonado donde la mexicana había instalado su base principal.

—Decidle a Tequila que quiero verla.

—¿Y quién cagarrutas eres?

—Tú díselo.

Uno de los mastines me empujó con el hocico contra una pared cubierta de grafitis mientras el otro iba a pedir instrucciones. Y al rato me dejaron pasar. Tequila estaba dentro del garaje, tumbada encima de unas cubiertas de neumáticos. Era fea de cojones. Una xoloitzcuintle de pura raza, de esos perros que se conservan en su tierra como algo especial aunque tienen la piel pelada y gris, excepto un mechón de pelo entre las orejas. Sin embargo, descienden directamente de los que tenían los aztecas, o una de esas tribus antiguas de allí, así que son muy valorados. Se contaba que Tequila había llegado a España de polizón en un barco portacontenedores, tras escaparse de un parque de la capital y largarse a pata a Veracruz, con un par. Era despiadada y lista, y en menos de un año se había hecho dueña de aquella parte de la ciudad. La jefa de jefes. Su nombre real era Lupe, pero la apodaban la Reina Tequila; y hasta Los Chuchos del Norte le habían compuesto aquel perro-corrido que decía:

> *También las cánidas pueden*
> *ladrarte muy peligrosas.*
> *Cuando se enojan son fieras*
> *esas caritas preciosas...*

Aunque de preciosa su carita tuviera poco. Me miraba sin apenas interés. A un lado tenía a un guardaespaldas —bóxer mestizo con manchas claras, en el que creí identificar al que había descrito Susa—, y al otro, a un galgo español viejo y muy flaco, de hocico puntiagudo y ojos inteligentes, con pinta de secretario, o consejero, o algo así. Al fondo del garaje había media docena de chusqueles más, de diferentes razas y pelajes. Todos tenían pinta de perros abandonados reciclados a duros, de los que tienen cuentas pendientes, y parecían estar allí a la espera de órdenes, salir a traficar con algo, cobrar la mordida en el barrio o descuartizar a alguien. No era precisamente un grupito simpático, y me miraban con mala cara.

—¿Qué quieres, chingatumadre? —me preguntó Tequila a bocajarro.

—Busco a unos amigos.

—Órale, güey... ¿Y por qué aquí, nomás?

Observé de soslayo al bóxer: anchas patas arqueadas, hombros fuertes, mirada opaca. Un tipo compacto, tan emotivo como un trozo de carne cruda. No era precisamente un intelectual. Si las cosas se torcían, el primer ataque vendría de allí. El galgo, sin embargo, me estudiaba con ojos melancólicos y valorativos.

—Alguien de tu banda habló de unos conocidos míos —respondí.

Tequila me estudió con desconfianza.

—¿Quién habló, a quién y sobre quién?

—El quién y a quién no importan —dije con calma—. El sobre quién, sí. Uno de ellos se llama Teo y es mi amigo. Un rodesiano pelirrojo... Quizá hayas oído ladrar de él.

—Puede que haya oído. Pero sigo sin saber qué tiene eso que ver con tu pinche visita.

—Lo estoy buscando. Desapareció con el otro, Boris el Guapo.

Cambió una mirada con el galgo, que se había vuelto hacia ella. Luego se rascó el cuello con una de las patas traseras. Vigorosamente. Aquel garaje, pensé con resignación, debía de estar infestado de pulgas.

—¿Y qué dices que dijo uno de mi banda?

—Sparring... Dijo sparring.

Yo había procurado no mirar al bóxer, pero noté su sobresalto. También lo notó Tequila, pues le dirigió una mirada hosca.

—Eso significa... —añadí.

—Sé lo que significa —me interrumpió ella.

Ahora miraba al galgo, interrogante, y éste inclinó despacio el hocico, en mudo asentimiento.

—Aquí la información no es gratis —dijo Tequila.

—Si es buena, puedo pagar.

—La neta, pendejo. Es buena como para saltarte la barda.

—Pues entonces, pago. Sin rechistar.

Me dirigió una ojeada guasona.

—¿Con qué?

—Pues no sé —lo medité un momento—. Tener, lo que se dice tener, no tengo más que el collar que llevo puesto.

Yo notaba su mirada crítica. Despectiva.

—Los collares hacen a los perros esclavos —dijo.

—Puede ser —asentí—. Pero con algunas chapitas colgadas, evitan acabar en la Puerta Sin Retorno.

Me estudió de arriba abajo, valorativa.

—No pareces de ésos, güey —concluyó tras el examen.

Me encogí de rabo, indiferente.

—Cada cual se lo monta como puede.

—Supongo.

Nos observamos un momento más.

—Sugiere tú algo —propuse al fin.

Se quedó pensando. Al cabo miró a su galgo consejero y enseñó los colmillos —pequeños, amarillos, cariados— en una mueca divertida. Me pregunté qué faena se le habría ocurrido proponerme.

—¿Cómo te llamas?

—Se llama Negro —dijo el galgo, adelantándose.

Lo miré con curiosidad, sorprendido de que me conociera.

—¿El de las peleas? —preguntó Tequila—. ¿El campeón que se retiró, o lo retiraron?

—Ése.

—Híjole.

Se me quedaron mirando. Ojos muy abiertos el bóxer, pensativo el galgo, divertida su jefa.

—¿Conoces el supermercado junto al puente, Negro? —inquirió Tequila al fin.

—Lo conozco.

—La carnicería está nomás al fondo. Y tiene un madral de solomillos sabrosos... Tráeme uno bien grande, y hablamos de sparrings y de lo que te lata. Te contamos cuanto quieras saber sobre tu carnal y el otro.

Lo pensé durante cinco segundos. Aunque tampoco había mucho que pensar.

—De acuerdo —dije.

—Solomillo, acuérdate.

—Claro. El más gordo.

La muy perra ladró una carcajada satisfecha. Me señalaba con el hocico al bóxer y al consejero.

—Híjole con el Negro, compas. Un mero macho, ¿ven?... No se anda con jaladas.

Lo del supermercado era hueso roído. Me paré en la puerta, echando un vistazo para explorar la cosa. Sujeto por la correa a una bicicleta apoyada en la pared, esperando a su dueño, estaba un perro pequeño que me miró con curiosidad.

—Yo de ti no me quedaría por aquí —dijo, despectivo—. La furgoneta verde pasa a menudo, y no les gustan los perros sueltos.

Lo miré. Era un yorkshire macho atildado y limpio, de rizos sedosos, muy pijo de pinta. Educado y tal. De esos a los que las dueñas llevan a menudo en brazos y duermen sobre almohadones de sofá. Hasta le habían puesto un lazo para apartarle el pelo de los ojos.

—¿Qué tal ahí dentro? —pregunté.

—No está mal. El pienso para perros es bueno —enarcó una ceja peluda, despectivo—. Royal Fox, no sé si lo conoces. Alta clase, por supuesto. El que me compran a mí... También hay unas chuches para roer estupendas.

—¿Y qué tal la comida para humanos?... ¿La carne es buena?

—De primera. Angus, Kobe y todo eso. A mis dueños les pirra. A veces me cae algún trozo que flipas, oye.

Asentí a su cháchara, distraído. Estaba mirando el interior del local mientras calculaba posibilidades y movimientos. Me pasé la lengua por el hocico.

—Echa un ojo, colega —dije—. Que ahora salgo.

—¿Perdón?

Sin decir nada más, inspiré aire, cerré fuerte las mandíbulas y entré en el súper a toda leche. Los clientes se apartaban como si vieran al diablo, y solté un ladrido seco para acojonarlos más. La caja se encontraba a la derecha, y a la izquierda había un pasillo largo flanqueado de estanterías con cajas, botes y productos varios. La carnicería estaba al fondo, en efecto, junto a la charcutería y el puesto de pescado. Oí gritos de humanos alrededor, pero no era cosa de pararse a mirar. Llegué a la carrera, derrapando un poco en el encerado del suelo, salté sobre el mostrador y por un momento dudé entre los pedazos de carne roja y una hermosa ristra de morcillas negras y gordas que colgaba de un gancho. Pero siempre he sido un perro disciplinado. Formal. Tequila quería solomillo, y el que tenía delante pesaba por lo menos tres kilos, con una pinta soberbia. Sin prestar atención al carnicero, que se había echado hacia atrás aterrado al verme aparecer, lo agarré entre las fauces y salí de estampía.

—Joder —dijo el yorkshire educado cuando me vio pasar como una flecha.

—Está de poca madre —dijo Tequila, mascando a dos carrillos.

Los demás la mirábamos comer: el galgo consejero, el bóxer guardaespaldas, la media docena de chusqueles que se habían acercado, curiosos, a echar un vistazo. De vez en cuando se volvían a observarme de un modo distinto a la primera vez. En mi ausencia se había corrido el ladrido —el bóxer era un bocazas sin remedio— de que yo era el Negro, luchador famoso cosa de un año atrás. Por eso me estudiaban con cierto respeto, sin sostenerme mucho la mirada, fijándose en mis cicatrices. Sabían que casi ningún perro vuelve de las peleas para poder contarlo, y sin duda se preguntaban cómo lo había logrado yo.

Tequila había terminado. La mexicana se había zampado dos kilos de carne de una sentada, disfrutándola. Ahora, desdeñosa, apartó con la pata lo que quedaba, pasándosela al bóxer y los chusqueles, que se abalanzaron sobre ella. Sólo el galgo, que no dejaba de observarme, mantuvo la compostura. Su jefa lo miró con sus ojillos malvados y mostró los colmillos en una sonrisa.

—Como quienes somos, cumplimos —me señaló con el hocico—. Venga, Rufus. Se lo ha ganado. Cuéntale a este pinche güey lo que sabemos de sus compadres.

Rufus me llevó aparte. Ya he dicho que el consejero de Tequila era un galgo español. Muy flaco, tenía el pelaje gris y un rabo fino arqueado hacia arriba, la cara muy larga, chupada, y unos ojos inteligentes y melancólicos. Entonces me di cuenta de que también tenía una marca profunda en el cuello: una antigua cicatriz que se lo rodeaba como un collar. No dije nada, pero se dio cuenta de mi observación y asomó la lengua en una sonrisa leve y triste.

—En otra vida fui cazador —dijo.

Asentí. Conocía de sobra la historia. La de los galgos y podencos que perdían facultades y a quienes sus amos pagaban los servicios de toda una vida ahorcándolos en los árboles.

—Tuviste suerte, entonces —dije—. De poder contarlo.

—Me colgaron de un alambre. Mientras me debatía asfixiándome, la rama cedió. Anduve dos días campo a través, con la rama colgando... Un pastor me libró del alambre.

Lo había contado de forma desapasionada, indiferente. Lo miré con vago interés.

—¿Por qué no te quedaste con el pastor?

—Tenía ya dos perros ovejeros, muy celosos. No fui bien recibido por ellos, así que después de comer y beber me quité de en medio... Esos cabrones me habrían liquidado al menor descuido.

—La vida en el campo es dura. No deberías tenérselo en cuenta.

—No se lo tengo.

Nos acercamos juntos, lomo con lomo, a la orilla del río, desde donde podía verse el puente nuevo y el otro lado de la ciudad. Había unos antiguos muelles de hormigón y madera podrida, y allí nos tumbamos los dos, cabezas entre las patas, mirando el paisaje.

—¿Cuánto llevas con Tequila? —quise saber.

—Una eternidad. Once meses.

—¿Y no echas de menos el campo? ¿Correr por ahí tras un conejo?

Sonrió, melancólico.

—Lo que echo de menos es mi juventud. Ser cachorro o perro joven creyendo que el mundo es tuyo.

—Y que los humanos son dioses buenos y leales.

—Eso también... O sobre todo.

—Aunque algunos lo son.

—Tú lo has dicho. Algunos.

Permanecimos un rato callados, mirando los edificios altos de la otra orilla y el tráfico de coches por el puente. Había un gato muerto en el fango, bajo los pilotes del muelle. Rufus siguió la dirección de mi mirada y se rascó una oreja.

—Lo liquidamos hace dos días —dijo con frialdad.

—No haré preguntas —dije.

—Puedes hacerlas, si quieres. No hay nada que ocultar. Era un gato sarnoso, ladrón y entrometido. Se creía una estrella de la tele. Se creía el gato Silvestre.

—Comprendo.

—Como dice Tequila, se murió.

—Ya.

Se hurgó los colmillos con la uña de una pata.

—Tequila es una buena jefa... Es cruel, como clásica mexicana. Pero es justa.

—¿Suele atender tus consejos?

—A menudo.

Ahora me observaba con interés. Las marcas de mi cuerpo y mi hocico.

—Oí ladrar de ti, Negro. En su momento fuiste alguien.

Me mantuve en silencio. Seguía mirando el gato muerto.

—Excepto tú —añadió Rufus—, no conozco a nadie que haya salido vivo de las peleas de perros y que se pasee tranquilamente con un collar, como si nada.

—Es una larga historia.

—Lo supongo. ¿A cuántos mataste o dejaste inválidos?... ¿Quince, treinta, cincuenta?

—No sé. Lo he olvidado.

Rufus dejó vagar la vista por la corriente sucia del río.

—Tu amigo y el otro, el borzoi que lo acompañaba, fueron capturados por unos humanos. Gente de la que organiza peleas como aquellas tuyas... Van por ahí buscando perros para secuestrar. A algunos, los más flojos, los usan para entrenar a otros. Y a los fuertes los convierten en luchadores.

—Esa parte me la sé —dije, seco—. Dime quiénes los secuestraron.

Chasqueó el galgo la lengua, sarcástico.

—Venden droga y crían perros de pelea... Son gente peligrosa.

—¿Estás seguro de todo eso?

—Por completo. Nos lo ha soplado una perra de la policía antinarcóticos que tenemos a sueldo y nos cuenta cosas de vez en cuando.

Moví la cabeza, divertido.

—Esa confidente no será Snifa, ¿verdad?... La golden retriever que trabaja olfateando equipajes en el aeropuerto.

Parpadeó, mirándome muy fijo y muy serio.

—Nada de nombres.

Dicho eso se quedó pensativo. Después volvió a apoyar la cabeza entre las patas.

—Cuentan...

—¿Snifa?

—Quien sea. Te digo que cuentan que los usaron a los dos para entrenar. Como sparrings, ya sabes.

Cerré los ojos. De pronto estaba allí de nuevo, con la imaginación, o la memoria, o lo que diablos tengamos los perros. Sparrings de entrenamiento: viejos luchadores hechos polvo, a la espera del mordisco final; chuchos asustados que te ponían delante para excitarte, sujetándote mientras tu dueño te azuzaba hasta hacerte perder la razón. Anda por él, Negro, buen perro, pelea, Negro, mata, eso es, Negro, mata, mata, mata. Mata. Y tú, cuando al fin te soltaban, abalanzándote sobre el desgraciado que enseñaba vanamente los dientes y se revolvía aterrado, peleando por su vida, y a veces ni siquiera eso, cuando se limitaba a correr despavorido por el reducido espacio del foso de arena, o a tumbarse patas arriba intentando apaciguarte, ofreciéndote el vientre desnudo y el cuello indefenso, levantadas las patas ante los ojos para no mirar, antes de que te acercaras a él y le asestaras dentelladas enloquecidas y salvajes o, cuando llegabas a la locura, el mordisco mortal, asesino: tus colmillos clavados en su cuello, manchándote las fauces de sangre roja y caliente, sacudiendo hasta desgarrar piel y carne y venas mientras resonaban los ladridos desesperados de la víctima. Buen perro, Negro, bien hecho. Buen perro. Te has ganado unas palmaditas y un hueso. Buen perro.

—Si han pasado dos semanas, hay pocas posibilidades de que sigan vivos —opinó Rufus—. ¿Eran fuertes?

Tardé en responder. Sacudía la cabeza para alejar los recuerdos, sin conseguirlo del todo.

—El borzoi no tiene ni medio mordisco —dije al fin—. Lo llaman el Guapo, con eso te lo digo todo.

—Comprendo. Bueno para un par de asaltos como sparring, y punto.

—El otro quizá sí. Es un sabueso rodesiano, como dije. Un tipo fuerte.

—Ah, eso ya es distinto. Lo mismo aguanta bien. O lo hacen luchador.

—¿Sabes dónde están?

—Hay unas chabolas en la Cañada Negra. Allí los guardan en jaulas y los entrenan. No tiene pérdida, porque oyes los ladridos desde lejos. A los campeones los llevan al Desolladero.

Aquella palabra siniestra me hizo volver de nuevo atrás. El Desolladero: una nave industrial abandonada en las afueras de la ciudad, donde se celebraban las peleas de perros. Prohibidas por las leyes de los humanos, pero con la policía —ella sabría por qué— haciendo la vista gorda. Humo de cigarros, sudor, griterío cruel, billetes grasientos que cambiaban de dueño. Allí no tenías enfrente a sparrings más o menos indefensos, sino a perros entrenados como tú mismo. Profesionales de colmillos aguzados, músculos duros e instinto ciego de matar, ante los que te situabas vaciando la mente de todo cuanto no fuera pelear para sobrevivir. Para esquivar una vez más, sin saber cuántas veces aún podrías conseguirlo, la Orilla Oscura.

—No irás a buscarlos, ¿verdad? —Rufus me miraba con curiosa intensidad—. Si te echan el guante, te expones a acabar como ellos.

Asomé la lengua entre los colmillos y resoplé sonriendo amargo, a lo perro.

—Ya fui como ellos —dije.

4. Vivir es peligroso

Aquella tarde volví al Abrevadero. Soy lento en lo de pensar, como dije, y necesitaba tiempo para rumiar las cosas que se me iban situando en la cabeza. Los habituales de allí me conocían de sobra, así que al verme con las orejas gachas, el rabo caído y el belfo entreabierto sobre los dientes, dando pensativos lengüetazos al canalillo de agua anisada, procuraron dejarme en paz. Todos sabían ya lo de Teo y Boris, y también que yo los buscaba. En el mundo perruno las noticias vuelan, pues no necesitamos teléfonos, ni guasaps, ni estúpidos artilugios como los humanos. Uno se pone a ladrar en una punta de la ciudad, otros oyen y repiten los ladridos, y al rato todos sabemos de qué va la cosa. La beagle del alcalde se ha fugado con un husky siberiano, la cocker spaniel de Fulano ha tenido cuatro cachorros, el Negro anda buscando a Teo y a Boris el Guapo. Ya saben. Cosas de ésas. Radio Perro, la llamamos. Al que se le ocurrió no se le peló el rabo por estrujarse la imaginación.

Margot me dirigía de vez en cuando un vistazo preocupado.

—¿Todo bien, Negro? —se limitó a decir.

—Todo.

—Ah, regio.

El único que se acercó a darme la brasa, como de costumbre, fue Agilulfo. No podía evitarlo, era superior a él. Se puso a mi lado chupando del canalillo mientras me miraba de reojo, hizo un par de comentarios idiotas sobre el tiempo y la temperatura, citó a no sé qué filósofo griego y acabó dándome con el codo de la pata.

—¿Alguna novedad? —preguntó.

No respondí. El agua anisada del canalillo me sabía amarga. Me enjugué el hocico con un par de lengüetazos.

—Afflictis lentae —dijo Agilulfo, solemne—. En la tristeza, el tiempo va despacio.

—Vete a cagar.

Margot, que escuchaba desde el otro lado del canalillo, movió el rabo, crítica.

—Dejalo tranquilo, che. Hoy tiene uno de esos días.

—Los amigos estamos para confortar en los malos trances —sentenció Agilulfo—. Es nuestro deber canino.

—No seas gil. Mirá la cara que tiene el Negro... Te va a tirar un mordisco de un momento a otro. ¿No le conosés los síntomas?

Me miró Agilulfo, preocupado. Revisándome las intenciones.

—Yo estoy contra toda clase de violencia —deslizó, cauto—. Ya lo sabéis.

—Pues ahueca —le dije—. Ya has oído a esa perra.

El tono le hizo poca gracia a la cantinera.

—Lo de perra no lo dirás con segundas... ¿Verdad, pelotudo?

Se me encaraba, brava. Sublevada. Hay tías con más colmillos y agallas que nuestro primo el lobo, y aquella boyera de Flandes tenía de sobra.

—Tranquila, chica —dije.

—Ni chica, ni tranquila, ni galletas Paraíso.

—Haya paz —predicaba Agilulfo, que se había retirado un poco, prudente—. Pax romana. Callémonos y reflexionémonos.

—Cachate vos, boludo. Atorrante. Pelmazo.

—Venga —intervine—. Dejadlo ya.

Tuve que sonreír a media lengua para calmar los ánimos, aunque maldita la gana que tenía de componer sonrisas. En realidad, aquellos dos me conocían bien, o lo razonable, y habían calado la cosa. Yo estaba de un ánimo fúnebre, de esos días en que uno necesita bronca para echar fuera los diablos que se acumulan dentro. En mi cabeza se agolpaban recuerdos propios mezclados con escenas imaginarias que habían surgido en las últimas horas. Colmillos, ladridos, sudor. Locura y sangre. Pensaba en Teo y Boris metidos en aquello, y sentía ganas de aullar fuerte, al sol y la luna. A los perros y a los hombres. También pensaba en Dido. Puta miseria.

—Salud a la compañía, encantos.

Quien ladraba eso era Rudi, alias Perlita la Dog Queen, que acababa de llegar al canalillo en compañía de Mórtimer, el teckel. Rudi, o Perlita, como prefería que lo llamaran, era un caniche gris perla de pelo rizado que iba siempre muy de peluquería, recortado en las patas y cardado en el rabo y la cabeza. Divino de la muerte, o sea. Maricón de concurso. Su lado canalla lo llevaba a escapar con frecuencia de su casa —vivía con dos humanas que eran hermanas, solteronas y mayores— y a dejarse caer por el Abrevadero en busca de emociones fuertes. Lo volvían loco los perros callejeros sin raza ni escrúpulos, a los que pedía que lo azotaran con el rabo y lo llamaran perra.

—¿Qué tomás, Perlita? —le preguntó Margot.

—Lo de siempre.

—Pues tenés suerte, porque lo de siempre es lo único que hay... ¿Y tú, Mórtimer?

—Lo mismo. Un lametón de anisadito.

—Marchando —Margot señaló el canalillo con el hocico—. Servíos.

Mórtimer era un personaje original. Bajito, compacto y seguro de sí. Incluso algo chuleta. Un teckel de pelo duro, pardo leonado, de cuerpo alargado y patas cortas. Venía de padres cazadores, con muchas generaciones de acosar bichos en el campo. Tenía unos colmillos largos y aguzados que en realidad no usaba, pues lo habían apartado de su camada —seis hermanos, contándolo a él— cuando era cachorro, para traerlo a la ciudad. Los otros se habían quedado en el campo, cazando, mientras él se aburguesaba entre humanos de clase media. Por eso se escapaba como Perlita, y acudía al Abrevadero a matar nostalgias genéticas. A veces desaparecía unos días para irse al campo a visitar a la familia, y volvía al poco, fatigado, sucio de barro y feliz, con los ojos brillantes. «A mi hermano Pancho lo mató un jabalí», contaba. O «mi hermana Chispa no salió de una peligrosa madriguera de zorros». Pero lo decía sin pena, con orgullo de casta. Envidiando a aquellos hermanos que terminaban fieles a sí mismos, envejeciendo, los que sobrevivían, con los huesos maltrechos y el cuerpo lleno de costurones, calentándose en fuegos de leña junto a amos que acariciaban sus orejas deformadas por mordiscos de jabalí. Cicatrices que Mórtimer nunca tendría.

—¿Qué pasa, Negro?... ¿Es verdad que estás buscando a Teo y al Guapo?

Ésa era otra de las características de Mórtimer. Nunca se andaba por las ramas. Se te plantaba delante con sus patas cortas, su rabo tieso y sus ojos tranquilos, y te soltaba las verdades del barquero sin parpadear. Era un perro a bocajarro. Cero en diplomacia cánida. Pero me caía bien.

—Puede ser —respondí.

Se restregó la trufa húmeda con una pata.

—Si soy útil en algo, dímelo.

Entonces recordé algo interesante. Mórtimer me había contado una vez que, en una de sus escapadas, pasó cerca de un barrio de chabolas donde había visto perros enjaulados, y a punto estuvo de que lo atraparan a él. Le pregunté si era la misma Cañada Negra de la que había hablado Rufus, el consejero de Tequila, y Mórtimer confirmó el dato.

—Está en las afueras, pasado el campo de fútbol... Un mal sitio. Tan siniestro que te da caguetilla.

Lo pensé un poco más, despacio. Muy despacio.

—¿Llegaste a ver bien el lugar?

—Claro. Me metí por allí como un pardillo, y por poco no me agarran. Tuve que salir por patas. Aquí donde me ves, soy una bala corriendo —puso ojos de nostalgia—. Mis hermanos...

—¿Viste las jaulas? —lo interrumpí.

Abatió las orejas de pronto, sombrío.

—Las vi.

Estuvimos charlando un rato más mientras Margot, Agilulfo y Perlita, que se mantenían un poco aparte, nos dirigían miradas de curiosidad.

—Puedo ir contigo hasta allí y señalártelo todo —concluyó Mórtimer—. Después me largo, claro. Y tú te las apañas.

Lo contemplé, intrigado.

—Es peligroso, como sabes.

—Vivir es peligroso —respondió, estoico—. Y me aburro en la ciudad. Además, Teo me cae bien y Boris es un perro simpático.

—¿Y yo? —sonreí a medias—. ¿Cómo te caigo?

Me estudió un momento con sus ojos expresivos y oscuros.

—No muy bien. No eres un perro sociable... Además, conozco tu pasado. No me gusta lo que hacías.

—Lo dejé.

—Demasiada sangre tras el rabo. Eso no puede dejarse con facilidad.

Asomé la lengua entre los colmillos y jadeé, irónico.

—Es curioso que digas eso, tú, que presumes de estirpe cazadora.

Se apartó una oreja con una pata. Muy tranquilo. Seguía mirándome sin parpadear, con sus ojos de cazador honrado, sin complejos, seguro de sí.

—Perseguir animales salvajes es cometido de un teckel. Va de oficio. Matar a otros perros no lo es.

Asentí, ecuánime. En eso estábamos de acuerdo, y mis viejos fantasmas eran la prueba.

—¿Por qué vas a ayudarme, entonces?... ¿Por Teo y Boris?

—No sólo por ellos —lo pensó un poco más y sacudió las orejas—. Me gustan quienes son leales, y en estos tiempos ya ni los perros lo somos.

Moría la tarde cuando Mórtimer y yo nos dirigimos juntos a las afueras. Íbamos en silencio, esquivando el tráfico de automóviles al cruzar, atentos por si aparecía la peligrosa furgoneta verde. Junto al parque nos encontramos con una pareja conocida, Pongo y Chufa, a la que su amo sacaba a pasear. Eran perros bien. Ella era una dálmata de muy buen tipo, madre de familia, y Pongo había ganado el concurso Míster Can hacía un par de años. Simpáticos. Pareja agradable, educada, de buena posición. Gente cánida guapa. Nos acercamos a saludarlos, olisqueándonos todos un poco bajo el rabo.

—No os vemos últimamente por el Abrevadero —dijo Mórtimer.

—La tengo preñada —respondió Pongo, arrimando afectuoso el lomo a la hembra—. No conviene que salga mucho, ni que beba.

Chufa se había ruborizado un poco. Mórtimer se empinó sobre sus cortas patas y le dio un lametón en el hocico, felicitándola.

—Enhorabuena. Así estás de guapa, tú... ¿Para cuándo esperas los cachorrillos?

—Antes del verano.

—Qué bien. Es vuestra segunda camada, ¿no?

—La tercera.

—Vaya. Acabaréis siendo ciento un dálmatas. O más.

—¡Perro santo! —rió Pongo, festivo—. Espero que no.

Nos despedimos de ellos y seguimos nuestro camino. Y tres manzanas más allá, cuando las primeras sombras empezaban a espesarse en las calles estrechas, vimos de lejos a Helmut el dóberman y a sus dos compadres neonazis. Y lo que vimos no nos gustó.

Tenían a un chucho flaco y pulgoso acorralado contra la pared. Lo conocíamos de vista. Un tal Moro, creo que se llamaba. O lo llamaban. Había venido de Marruecos o de un sitio de ésos escondido en un camión. Malvivía entre cubos de basura y era cosa de días, supongo, que los de la perrera municipal le echaran el lazo y se lo llevaran camino de la Puerta Sin Retorno, la inyección letal y la Orilla Oscura. Solía ocurrir. Era un desgraciado sin futuro, como tantos abandonados o vagabundos de los que apenas nos preocupábamos porque teníamos otras cosas en que pensar.

En cuanto a Mórtimer, para explicar lo que sucedió a continuación hay que conocerlo un poco. Es un teckel, como dije. Patas cortas, cuerpo largo, cuello musculoso. No levanta dos palmos del suelo. Aun así es un perro tenaz y broncas, con un punto de chulería rural, nacido para cazar y jugarse la vida, aunque en el caso de Mórtimer eso ya sea sólo cosa de familia. Pero, también creo haber dicho ya, le quedan los impulsos. El arranque. Y todo fue uno: ver a Helmut y sus colegas, y encendérsele la sangre.

—Odio a esos cabezas cuadradas —dijo.

Lo retuve con la boca por el rabo, porque se iba derecho hacia ellos.

—Son peligrosos —dije entre dientes.

—También yo soy peligroso —se pasó la lengua por los colmillos—. Vine al mundo para cazar jabalíes. Cazar neonazis tampoco está mal, como alternativa.

—Eres un puto perro alemán —razoné—. Tus bisabuelos también lo eran, como los suyos.

Agitó las orejas, ofendido.

—Mis bisabuelos nunca marcaron el paso de la oca. Los teckel tenemos las patas demasiado cortas para eso... ¿Captas la diferencia, Negro?

Seguía dando tirones; y yo, sujetándolo por el rabo mientras él daba saltitos para liberarse.

—No quiero problemas, tío. Y menos, hoy.

—Pues tú mismo, oye —dio un par de tirones más—. Con ésos me basto solo.

—Estás loco... Se están ocupando de un chucho, nada más.

Dio otro saltito, hasta un palmo del suelo, mientras yo lo retenía.

—El chucho inmigrante me la refanfinfla. Lo que me pone cachondo son los kameraden.

—Te van a matar. Con una dentellada te pueden partir el espinazo.

—Menos lobos, caperucito.

Desde luego, Mórtimer era un perro sin complejos. Se consideraba todo un killer y se le iba la olla sin remedio. Aflojé la presa, resignado, y lo dejé irse hacia los otros con su contoneo paticorto, sobrado como un humano torero ante un morlaco.

—Eh —les ladró—. Eh.

Helmut y los otros —ya conté que la banda la componían dos dóberman y un pastor belga— dejaron de acosar al Moro para volverse a mirar al recién llegado.

—¿Por qué no os metéis con uno de vuestro tamaño?

Alucinaban. Lo vi en sus ojos, que miraban con asombro acercarse al pequeñajo, desconcertados por aquella chulería en miniatura que mostraba los colmillos mientras caminaba hacia ellos con un paseíllo corto y seguro de sí. Vi que los tres se miraban —el Moro aprovechó para escabullirse como un rayo— y que Helmut, repuesto de la sorpresa, sonreía con su hocico largo, afilado y cruel.

—¿Cómo te atreves, enano?

—¿Enano, dices?

—Eso mismo.

—Pues cuando les arrimaba candela a vuestras madres, ninguna se quejó de mi estatura. Hijos míos.

Volvieron a mirarse entre ellos, alucinando. No podían creer que aquel medio palmo les buscara bronca de semejante manera.

—Te vamos a matar —ladró Helmut, entornando los ojos amarillos.

—¿De golpe, o poquito a poco?

—Tú estás para allá, tío.

Mórtimer pareció pensarlo un poco.

—Sí —dijo.

Y entonces, tras pararse un momento con las patillas abiertas bien asentadas en el suelo, el rabo tieso y los colmillos al aire, mirándolos con fijeza, pegó un salto y le mordió los huevos al que tenía más cerca.

Ahora viene eso que los escritores humanos llaman elipsis, y que me ahorra descripciones innecesarias. El desparrame se lo pueden ustedes imaginar. Quince minutos más tarde, Mórtimer y yo caminábamos por la orilla del río, rumbo a las afueras, tras habernos parado un rato en la orilla para enjuagarnos las fauces manchadas de sangre. El jodío teckel, indemne y tan campante. Sin un rasguño. Yo, cojeando un poco de dos buenos mordiscos que me había llevado en la refriega. Porque no había podido evitarlo, claro. Cuando vi que los cabrones aquellos se abalanzaban sobre Mórtimer, hice de tripas corazón y, tras un resoplido resignado, me fui a por ellos. Y por muy neonazis que fueran, yo soy cruce, recuerden, de mastín español y fila brasileño. Cosa seria, o sea. Un profesional. Así que, también muy profesionalmente, repartí una buena estiba de mordiscos y dentelladas a Helmut y a su colega Degrelle, el pastor belga, poniéndolos en fuga con las orejas gachas y el rabo entre las patas; mientras el otro dóberman, con Mórtimer bien aferrado con los colmillos a sus partes nobles, corría de un lado a otro desesperado, aullando de dolor, sin que el teckel soltara la presa.

—Ha sido una pelea de puta madre —jadeó mi compañero, satisfecho.

Lo miré de reojo, y con la penúltima luz del día vi que tenía enarcadas las cejas peludas y alzado el belfo con su bigote rubio sobre la lengua, que le colgaba entre los colmillos largos y afilados. Parecía feliz.

—Me encanta cazar neonazis —dijo.

Y el muy majara se reía. Lo juro. Se reía.

5. La Cañada Negra

El crepúsculo encendía de rojo el cielo tras las chabolas. Tumbados en una loma cubierta de matojos, Mórtimer y yo vigilábamos el poblado.

—Los oyes, ¿verdad? —preguntó el teckel.

Claro que los oía. Los ladridos sonaban aislados a veces, y otras haciéndose coro unos a otros. Podían verse las jaulas en un claro entre dos cobertizos de chapa y de uralita. La luz agonizante, las chabolas y los ladridos daban a la Cañada un aspecto siniestro, muy a tono con su nombre. No se veía a nadie.

—Hora de cenar y ver la tele —dijo Mórtimer—. A estas horas ya se han ido los últimos humanos que vienen a por droga.

—¿Hay perros guardianes?

—Uno, que yo recuerde. Lo tienen suelto cerca de las jaulas.

—¿Grande?

—Normal. Un mestizo de patas largas, tirando a dogo.

Reflexioné un momento, con el hocico apoyado en el suelo. No soy muy inteligente, ya lo saben, y mi vida anterior y sus estragos me confunden las ideas más de lo debido. Sin embargo, los sucesos de aquellos días me obligaban a concentrarme. A pensar. El plan a seguir ya lo tenía establecido desde hacía rato. Sólo faltaba tomar la decisión.

—Puedes irte, Mórtimer.

El teckel me miraba con atención y respeto.

—¿Estás seguro?... ¿Sabes dónde te vas a meter?

—Lárgate.

—Suerte, Negro.

Me dio un lametón de hocico y desapareció entre las sombras. Yo me incorporé y descendí despacio por la ladera, hacia las chabolas. Atento y tenso como mis antepasados y ahora primos, los lobos, bajaban al llano cuando el hambre les apretaba el estómago. A mí no era el hambre, sino la certeza de que penetraba en un mundo siniestro, donde las reglas las establecían los humanos. Reglas crueles que violentaban la lógica. Que pecaban contra el código de la naturaleza.

Los ladridos aumentaban a medida que me acercaba a las chabolas y las jaulas. A diferencia de los humanos, el orden de importancia de los sentidos de los perros varía. Nosotros captamos el mundo mediante el olfato, el oído y la vista, por ese orden. Por eso nos pasamos la vida olfateándolo todo y moviendo las orejas. Y estaba claro que desde las jaulas me estaban olfateando ya. También, supuse, aquel mestizo dogo al que se había referido Mórtimer como de tamaño normal —en su boca y con su complejo de superioridad eso podía significar cualquier cosa— debía de estar captando ya mis efluvios. Pero incluso eso formaba parte del plan.

No se apreciaba presencia humana en las chabolas. Alguna luz interior, y el sonido de una radio o de algún televisor. En cuanto a las jaulas, pude advertir que estaban divididas en compartimentos. Uno por perro, supuse, para evitar que se mataran entre ellos. Por los ladridos calculé al menos una docena. Luchadores y sparrings. O tal vez los luchadores estaban en otro sitio. Olía mal, a carne podrida, basura y excrementos sin recoger.

Me hallaba cerca de una de las jaulas, observando las sombras que se agitaban dentro, intentando identificarlas. Hasta entonces, los ladridos —más entre ellos que dirigidos a mí— no me habían dado mucha información: perro extraño, cuidado, se acerca, a ver si alguno de vosotros lo conoce, ládranos quién eres, dinos tus intenciones, identifícate, cabrón. Yo me mantenía en silencio, mirando cauto a mi alrededor. Como decía Agilulfo, un perro es esclavo de lo que ladra y dueño de lo que calla. Así que callaba. Levanté la pata y eché tres o cuatro meadillas cortas, marcando territorio. Ya saben. Negro estuvo aquí. Eso hizo aumentar los ladridos, cuando olieron mis marcas. Chulo de mierda, decían. Ven, que te vamos a matar. Otros eran quejidos lastimeros, gemidos de miedo. Luchadores y sparrings, supuse de nuevo. Cada cual me interpretaba a su manera.

Pero mis marcas no iban destinadas a ellos, sino a otro. Al fin lo vi aparecer entre las chabolas, surgiendo silencioso de las sombras, en la claridad de la luz que salía por una ventana. Lo primero que advertí de él fue el blanco de los colmillos retraídos, los dientes listos para pelear, y luego el pelo erizado y el resto del bulto negro de su cuerpo acercándose a mí.

Cuando estaba a unos diez pasos oí por fin el sonido. No ladraba, sino que emitía un rugido gutural prolongado y ronco, de amenaza y pelea inminente. Ese rugido no contenía preguntas sobre quién era yo, sino certezas sobre él mismo. Es mi territorio, osas mearlo y te voy a matar, decía. Y supe que me las había con otro profesional.

Cuando nos abalanzamos uno contra otro, los ladridos de las jaulas se volvieron ensordecedores. Nos jaleaban, excitados. Guau, guau, guau. Mataos, hijoputas, decían. Mataos pero bien. Guau. Algunos de los reclusos querían sumarse a la pelea y otros se limitaban a ser espectadores, pero todos ladraban desde sus jaulas hasta desgañitarse. En cuanto a mí, dejé de pensar en ellos en el acto, concentrado como estaba en luchar y sobrevivir. No es lo mismo enfrentarse a chusqueles callejeros, incluso a descerebrados neonazis, que a un perro adiestrado para guarda y defensa. Y aquél lo era. Olía a testosterona y adrenalina, o a lo que diablos olamos los perros machos cuando enseñamos los dientes, que ni lo sé ni me importa. Sólo sé que olemos como debemos oler. También ellas, las perras, tienen su propio olor peculiar cuando pelean. O cuando lo otro.

Mi adversario era joven y fuerte, y por instinto me buscaba el pescuezo. Una primera dentellada tropezó con mi collar de acero, y eso lo desconcertó un poco. Entonces yo ladré por primera vez, y eso lo desconcertó aún más, porque mi ladrido no era de pelea, sino de advertencia. De los que usamos para llamar la atención de los humanos. Una especie de au, au, au, modulado de un modo especial. Miró un momento sobre mi lomo y alrededor, como preguntándose a quién puñetas llamaba yo. Entonces tomé impulso, entrelacé mis patas con las suyas, le mordí el hocico y rodamos juntos por el suelo.

Pese a su apariencia, el mestizo de dogo no era enemigo potente. Para mí, claro. Como habría dicho Agilulfo, le mancaba finezza. Era duro y peleón, incluso valiente, pero mi biografía me daba recursos de los que él carecía. Lo habría despachado con relativa facilidad, destrozándole a dentelladas el cuello, pero ése no era mi objetivo. El problema era que debía mantenerlo a raya sin ir más lejos durante un rato. Lo hice trincándolo por la trufa —eso duele un huevo— y las orejas, inmovilizándolo un par de veces panza arriba, mordiéndole fuerte el lomo, donde las heridas no van muy allá. Y por fin se abrieron las puertas de algunas chabolas, el haz de una linterna nos iluminó, y aparecieron los humanos.

No soy buen actor. Lo de fingir no me va mucho, y carezco de la astucia de esos perros zalameros que saben buscarse la vida con propios y extraños, un ladridito aquí, un jueguecito allá, un ridículo bailecito con meneo de cola alrededor del amo, unos ojos suplicantes y conmovedores para que te den la chuche, jueguen contigo a la pelota o caiga algo de la mesa. Esas mariconadas no son mi estilo, como pueden imaginar. Los perros duros no bailan. Sin embargo, aquella noche arriesgaba mucho más que un juego, una caricia o un bocado sabroso. Me iba la vida, y también tal vez las de Teo y Boris el Guapo. Así que, si me permiten esta mínima vanidad, estuve perfecto. De concurso. En cuanto los humanos aparecieron, me aparté del dogo mestizo, que me miraba desconcertado lamiéndose el hocico dolorido, separé las patas como un luchador, ericé el pelo, mostré los colmillos y empecé a emitir violentos ladridos de pelea. Ven que te despacho, le decía a mi adversario. Bastardo cabrón.

El dogo mestizo tenía su pundonor. Todo hay que decirlo. No era un mierdecilla de chabola cualquiera. Y se sentía observado por sus amos, así que aceptó el envite y se lanzó contra mí con mucho coraje. Y en el siguiente minuto de tiempo humano —una eternidad para nosotros, pues los perros tenemos la idea del movimiento acelerada, por eso somos más ágiles y rápidos y en nuestro tiempo pasan más cosas—, aquello fue una verdadera pelea, con dentelladas salvajes al pescuezo y a la boca, con sangre que se mezclaba con el sudor y con el polvo del suelo. Dos veces pude matar, sin embargo, y me contuve. Dos veces tuve los colmillos exactamente donde cerrando las fauces habría destrozado las venas del cuello de mi enemigo, pero evité hacerlo. Me sangraba la boca de los mordiscos, lo mismo que la del dogo. Empezábamos a fatigarnos, y la tercera vez que tuve al otro a mi merced y evité rematarlo, y nos separamos unos pasos mirándonos feroces mientras recobrábamos el aliento, advertí en el brillo de sus ojos un aturdido desconcierto.

—¿De qué vas? —ladró.

A modo de respuesta, me abalancé de nuevo contra él, lo tumbé patas arriba y volví a sujetarle el cuello con mis colmillos. Sus ojos desorbitados, muy cerca de los míos, me miraron con una suma de espanto y asombro. Estaba vencido, y lo sabía. Me habría bastado agitar con violencia la cabeza a uno y otro lado para enviarlo a la Orilla Oscura. Pero no lo hice. En lugar de eso retrocedí como para tomar de nuevo aliento, y en ese momento un lazo de cuerda se cerró sobre mi cuello y un violento tirón me apartó del dogo mestizo.

Lo había conseguido. Me había ganado una jaula de prisionero en la Cañada Negra.

Estaba exhausto por la lucha, así que lamí un poco mis heridas —no eran demasiadas— y dormí como un tronco el resto de la noche. Me despertaron los primeros rayos de sol. Abrí los ojos, estirando las patas y el lomo para desperezarme, y miré alrededor. Ocupaba una jaula en una esquina, contigua a la tela metálica de otras dos, desde las que me observaban dos perros. Había otras más lejos, también ocupadas, con chuchos a los que ya no podía ver con detalle.

Durante la noche me habían puesto un cacharro con agua y unos pocos restos de comida de humanos en un cuenco. Despaché con apetito la comida, me enjuagué el hocico dolorido con el agua antes de bebérmela toda, y luego, sin prisas, estudié los alrededores; chabolas, coches grandes nuevos y viejos, abollados y polvorientos, objetos inservibles y amontonados: frigoríficos, televisores, lavadoras. Unos niños de aspecto sucio jugaban entre ellos, y un grupo de mujeres de faldas largas y pañuelos en la cabeza charlaban a lo lejos. A veces, ante la indiferencia de los críos y las mujeres, algún humano de mal aspecto, flaco y cochambroso, se acercaba por el camino que llevaba a la carretera de la ciudad, entraba en una chabola, salía al poco rato para sentarse cerca y se metía algo con una jeringuilla en un brazo o en los muslos, o los tobillos. Todo tenía un aspecto sórdido y siniestro.

Tras hacerme una composición de paisaje y circunstancias, presté atención a mis compañeros reclusos. Los dos parecían de raza. Uno era un labrador chocolate que en otro tiempo habría tenido buen aspecto, pero que ahora estaba muy flaco; tenía el belfo caído y el pelaje sucio y mate, con heridas recientes en el hocico, las orejas y el lomo. Heridas de colmillos. El de la otra jaula era un bodeguero pequeño, de manchas pardas, que me miraba con ojos abatidos y tímidos.

—Debes de estar loco —dijo el labrador—. Meterte aquí, nada menos, y buscar pelea.

—Voluntario al infierno —apuntó el bodeguero.

Acerqué los rasguños de mi hocico a la tela metálica y el labrador los alivió con unos lengüetazos.

—¿Cuántos estáis aquí? —pregunté.

—De momento somos once, contándote a ti —dijo el labrador—. Pero eso varía. A veces llegan nuevos, como tú, y a otros se los llevan y no vuelven.

—¿Cómo os cogieron?

El labrador arrugó el hocico, indiferente.

—A mí me abandonaron mis amos hace tiempo, en una carretera, en cuanto crecí y dejé de parecer un juguete para los niños... Luego estuve vagando por ahí, buscándome la vida, hasta que me agarraron estos humanos.

Miré al bodeguero.

—¿Y tú?

—Secuestro —dijo éste, fúnebre—. Por la cara. Estaba atado en la puerta de una farmacia mientras mi dueño estaba dentro, me cogieron y me vi en un coche. Al rato me trajeron aquí.

—¿Cómo os tratan?

—Como a perros.

Miré hacia las otras jaulas, intentando ver a sus ocupantes. La sucesión de telas metálicas me lo impedía.

—¿Habéis oído ladrar de un tal Teo?

Se miraron, consultándose, y luego movieron la cabeza.

—Nunca —dijo el labrador.

—Me dijeron que estuvo aquí.

—Puede ser. Yo llevo dos semanas, pero no siempre en estas jaulas. A veces me llevan a la Barranca, para entrenar a otros. Igual pasó por aquí cuando yo no estaba. O lo mismo está allí, y no hemos coincidido nunca.

—¿La Barranca?

Señaló más allá de las chabolas.

—Allí, al otro lado. Hay un cobertizo donde entrenan los perros que luchan de verdad. Y unas jaulas donde ellos viven —miró significativo al bodeguero—. Aquí sólo estamos la carne de cañón. Y no solemos durar mucho.

Señalé sus cicatrices con el hocico.

—Tú aguantas, según veo.

Sacó la lengua en una sonrisa triste. Observé que, aparte de las marcas, tenía roto un colmillo.

—No sé por cuánto tiempo más. Llevo tres sesiones de entrenamiento y estoy al límite de mis fuerzas. Me probaron, y por lo visto no soy lo bastante asesino. La próxima vez, o la siguiente, uno de los luchadores acabará conmigo... Pero, dentro de lo que cabe, soy un perro con suerte —dirigió otra mirada conmiserativa al bodeguero—. Otros sólo aguantan una sesión. Los destrozan el primer día.

Me volví hacia el pequeñajo. Pegado a la tela metálica de su jaula, nos miraba con ojos asustados.

—¿Aún no te han probado como sparring? —quise saber.

No respondió. Le temblaba la lengua y jadeaba de angustia, escuchando. Me dirigí de nuevo al labrador, que se rascó una oreja.

—Aún no lo han llevado a la Barranca —me explicó—. Pero no tiene ninguna posibilidad, y lo sabe... ¿Verdad, colega?

—Lo sé —gimió el otro, estremecido.

—Le he dicho que no es tan malo, que alguna vez hay que acabar. Que se lance adelante sin pensar y que procure terminar rápido.

—Es que no quiero morir —farfulló el bodeguero.

—Ninguno de nosotros quiere, pequeño. Pero es lo que hay.

—¿Cuántos son los luchadores? —pregunté.

—Dos o tres —respondió el labrador—. Y los tratan como a príncipes. Les dan de comer pienso de buenas marcas. Los cuidan... Para los humanos valen mucho dinero.

—¿Y dices que nunca viste a Teo, ni oíste ladrar de él?

—No. Nunca.

—¿Y de Boris el Guapo?... Es un lebrel ruso.

El labrador se quedó pensando.

—¿Un borzoi flaco de ojos dorados, más bien rubiales?

Se me detuvo durante un latido el corazón.

—Ese mismo.

—Me pareció verlo en las jaulas de la Barranca.

—¿Como luchador?

—Creo que sí.

Me sorprendió aquello. No podía imaginar a Boris, flaco y elegante, sobreviviendo en peleas de perros. No daba el tipo.

—Si te interesa, podemos recurrir esta noche a Radio Perro —propuso el labrador—. Nuestros ladridos pueden oírse desde la Barranca, y nosotros podemos oír los suyos. Si es el tal Boris, responderá.

Lo pensé un segundo. No estaba seguro de que fuera prudente desvelar mi presencia. Por el momento. Así que moví la cabeza, negativo.

—Ya veremos —dije.

El bodeguero se había retirado a un rincón de su jaula, tumbándose en ella. Desentendiéndose de nosotros. Tenía los ojos turbios, perdidos en el vacío. Y temblaba desde la trufa hasta la cola.

6. Duelo en la Barranca

Fueron a buscarme a media mañana. Tres humanos aparecieron con lazos de alambre al extremo de pértigas, abrieron mi jaula y me sujetaron por el cuello. No intenté debatirme, pues me hubiera lastimado más, así que agaché las orejas y me dejé hacer tras un breve amago de resistencia para cubrir las formas. También cogieron al labrador chocolate y al bodeguero. Este último nos miraba con ojos angustiados, sin atreverse a mover ni las orejas, mientras nos conducían a través del poblado. Al otro lado de las chabolas había un cobertizo grande rodeado de otros pequeños.

—La Barranca —me aclaró el labrador—. Ya estuve aquí. En los cobertizos chicos hay jaulas. Ahí están los luchadores.

Iba a pedirle más detalles, pero un tirón de nuestros captores nos cortó a ambos el resuello. Se oían ladridos apagados en los cobertizos, aunque traían poca información. Eran ladridos inconexos, de furia, de amenaza. Poco identificables, pero elocuentes. Negros pronósticos de futuro.

—Nos traen para entrenarlos —dijo el labrador.

El bodeguero respondió con un gemido lastimero. Yo asentí, sombrío. Sabía muy bien lo que estaba ocurriendo. Las sombras del pasado resucitaban siniestras en mi aturdida memoria. Reconocía mis propios ladridos en los de aquellos luchadores que esperaban su ración de pelea y muerte. Había sido uno de ellos, y de nuevo volvía a serlo. Aunque por el momento me encontrase a este lado.

Nos metieron a los tres en uno de los cobertizos, en la misma jaula. El suelo estaba cubierto de excrementos. Al principio estábamos deslumbrados por la luz que había en el exterior, pero al poco rato nuestra visión se adaptó a la penumbra. Miré los ojos fatigados y sin esperanza del labrador, los desorbitados por el espanto del bodeguero.

—Si he de ser franco —comentó el labrador—, tengo ganas de terminar de una vez. Estoy harto, y me da pereza regresar a esas malditas jaulas de antes para esperar de nuevo... Ojalá me echen a uno capaz de acabar rápido.

Lo miré largamente.

—Ponlo fácil —dije—. No te resistas demasiado.

Resopló una sonrisa y se pasó la lengua por las cicatrices y heridas frescas del hocico.

—Últimamente salgo con esa resolución. Pero una vez enfrentado a los colmillos de otro, me vencen los instintos: el de supervivencia y el de pelea. Soy perro, al fin y al cabo. No puedo evitar vender caro el pellejo. No soy lo bastante bueno para vencer, pero aún soy lo bastante fuerte para defenderme. El sparring perfecto... Por eso aguanto hasta que nos separan.

—Un día ya no podrás, como tú mismo dices.

—Desde luego. Hoy, mañana... Y, por cierto, me sorprenden un poco tus marcas. Tus cicatrices y las orejas cortas —me miró, suspicaz—. ¿Ya has estado antes en lugares como éste?

—No —mentí—. Es sólo que he tenido una vida dura.

—Bastante dura, por lo que veo.

—Sí.

Me miraba los hombros y los colmillos, valorativo.

—Eres fuerte, compañero —dijo al fin—. Tienes posibilidades. Quizá tras probarte decidan convertirte en luchador. No un segundón como nosotros, sino una estrella. Un...

Dejó la frase en el aire.

—Un asesino —dije.

—Todo puede ser.

El labrador miró conmiserativo a nuestro compañero.

—Otros ni siquiera tienen esa posibilidad. Son carne de cañón para un primer y único asalto.

—No quiero morir —gimió el bodeguero.

—Lo que sea será, pequeño.

—No me llames pequeño. Me llamo Cuco —al decirlo se le quebró la voz en un sollozo perruno.

El labrador movió la cabeza fatigada.

—Yo me llamo Tomás —sonreía con tristeza—. Es un nombre ridículo para un perro, ya lo sé. Pero me lo puso una niña. Una pequeña humana... Recuerdo su olor tibio.

Suspiró hondo y se quedó mirando el vacío.

—Siete meses justos —murmuró tras un instante—. De cachorrillo de Navidad a estorbo para las vacaciones de verano.

—Todo un clásico —apunté.

—Cuando duermo, todavía sueño con el coche ganando velocidad mientras yo corro detrás y ellos se alejan.

—Qué vieja historia —dije, amargo—. Y qué poco original.

—Sí. Durante semanas vagué por esa carretera, esperando verlos regresar.

—Claro.

—Pero no regresaron.

—Por supuesto que no.

—Nunca lo hacen.

Cambiamos una mirada triste. Al cabo, el labrador se volvió hacia el bodeguero.

—Morir no es tan grave, Cuco... Incluso alivia.

—Pues muérete tú, joder.

—Tranquilízate —el labrador le dio un par de lametones amables—. No vas a sobrevivir a la Barranca, así que lo mejor es que acabes rápido, como te dijimos antes. Te lanzas a las fauces del otro y acabas en un pispás.

—Con dos cojones —comenté.

—Para ti es fácil decirlo —me dijo el bodeguero, rencoroso—. Con tu estatura y tus mandíbulas. Cabrón.

—Mejor eso —dijo el labrador— que tardar un rato largo en acabar, para diversión de los humanos y adiestramiento del que te liquida... Seguro que aquí, el compañero, también está de acuerdo en eso.

—Por completo —dije.

—Callaos, maldita sea —el bodeguero se acurrucó en un rincón y se cubrió la cabeza con las patas—. Dejadme en paz.

Entonces se abrió la puerta del cobertizo. Dos humanos venían a por el labrador. Éste nos miró por última vez, alzó una pata y dejó una pequeña meada en un rincón de la jaula. Olfateé con facilidad lo que decía: «Tomás estuvo aquí». Al acabar irguió la cabeza y se pasó la lengua por el hocico, las patas y los genitales, aseándose un poco.

—La niña se llamaba Julia —dijo.

Después se dejó llevar con un trotecillo corto y digno.

Un buen rato después me llegó el turno. O nos llegó, porque al bodeguero y a mí nos sacaron juntos. Íbamos sedientos y tensos por lo que habíamos estado escuchando: ladridos violentos, feroces, de pelea, entre los que creímos reconocer los del labrador. Después, silencio. Cuando nos separaron antes de entrar en otro cobertizo, y lo perdí de vista, el pobre bodeguero temblaba como una hoja en el viento.

Al hacerme entrar alcé el hocico y eché un vistazo. Nuestra visión, la de los perros, suele alcanzar la altura de las rodillas de los humanos, como máximo. Vemos el mundo desde allí, y nos basta. Otra cosa es la cara de nuestros amos, cuando los tenemos. Rostros que observamos con frecuencia, atentos a ellos, hechos a mirarlos como quien mira a un dios que te alimenta, te cuida y te manda. Aquellos de la Barranca no eran mis amos —o yo no los tenía por tales—, pero me interesaba buscar en sus caras señales de mi futuro inmediato. Ya había visto otras parecidas antes de eso, muchas, y lo que vi me lo dejó claro: rostros cetrinos, malvados, ajenos a la piedad. En ellos sólo pude leer crueldad, ambición y violencia.

Manteniéndome sujeto por el collar a una correa, me arrastraron a un coso circular de unas veinte patas de diámetro —la pata perruna, como saben, equivale a unos treinta centímetros— de suelo cubierto de arena: una arena removida de pisadas, que casi había absorbido, en grandes manchas pardo rojizas, la sangre vertida en ella un rato antes. Y más allá del coso, entre las piernas de los humanos, alcancé a distinguir el cuerpo inerte y ensangrentado del labrador.

Inspiré hondo y me volví hacia la puerta, esperando que apareciese mi adversario. Ojalá sea el mismo, pensé endureciendo los músculos y erizando el pelo mientras el olor de la arena húmeda de sangre me despertaba los viejos instintos. Ojalá pueda ajustar cuentas con el asesino, pensé. Ojalá se trate del luchador que ha matado a Tomás, nombre ridículo para un perro. Y ojalá éste haya viajado a la Orilla Oscura soñando, como último pensamiento, con el olor tibio de la niña que, cuando cachorrillo, le puso ese nombre.

En aquel momento sonaron gritos y carcajadas, y el que sujetaba mi correa tiró hacia atrás reteniéndola con fuerza mientras, al mismo tiempo, me golpeaba el lomo con un vergajo para excitarme. Y entonces, entre las piernas de los humanos, vi aparecer los ojos asustados de Cuco, el bodeguero.

El tiempo —el de los humanos y el de los perros— parecía haberse detenido. Cuco estaba frente a mí en el coso, con un collar al cuello y una correa que le sujetaban desde atrás, aunque maldita la falta que hacía sujetarlo, pues temblaba y clavaba las patas en la arena, incapaz de dar un paso. Al contrario, a veces tiraban de él para que se me acercase, y le golpeaban el lomo para enfurecerlo, como a mí. Pero en su caso, a la furia animal la sustituía el pánico. El bodeguero ni podía luchar ni quería. Estaba claro que su papel se limitaba a hacer de sparring para una sola sesión —no iba a resistir más—, mientras los humanos comprobaban mis aptitudes para la lucha. Una presa fácil, para empezar. Un asesinato de entrenamiento. Y yo había ido a la Cañada Negra y a la Barranca exactamente para eso. Para ganarme un puesto y poder así remontar la trama. Había ido demasiado lejos, asumido excesivos riesgos como para volverme atrás. Ahora era también mi vida la que estaba en juego. Y eso, desde luego, sentenciaba al pobre bodeguero.

Consciente de mi papel, enseñé los colmillos y ladré con aparente furia, aunque el sentido de lo que decía sólo fuese descifrable por el infeliz que tenía enfrente.

—Lo siento, compañero —dije.

Sus ojos desorbitados me miraban como si no me reconocieran. Como si les costara enfocarme.

—Por favor —ladró al fin.

—No puedo hacer nada por ti.

—No me ataques, por favor —suplicaba, implorante—. Ten compasión. No me mates.

—Eso es imposible, Cuco... Somos tú o yo. Lo sabes. Eres sparring de un solo asalto. Si no soy yo, será otro.

Se estremeció tanto que se le doblaron las patas entre las que tenía metido el rabo. Casi cae al suelo. El humano que lo tenía sujeto por la correa lo zarandeó sin contemplaciones y le azotó el lomo.

—Déjame ir —me suplicó de nuevo.

—No puedo. Sabes que no puedo. Tampoco irías a ninguna parte.

—No me mates, entonces. Déjame herido, si quieres, pero no me mates.

—Ellos no esperan eso.

—¡Quiero vivir!

Di un tirón enseñando los dientes, como si estuviera impaciente por abalanzarme sobre él. Los humanos me jaleaban.

—Será rápido —dije—. Lánzate contra mí y te aseguro que será rápido. Apenas sentirás nada —señalé a los humanos con el hocico—. No les des la satisfacción de verte corretear como una liebre.

Sus ojos aterrorizados miraban en torno. Le colgaba la lengua entre los patéticos colmillos.

—Acaba bien —le dije—. Como un verdadero perro.

Se retorcía, desesperado. Gimiendo. Se apoyó en las patas traseras, estiró el rabo y soltó una cagada breve y líquida. El que lo sostenía por la correa volvió a pegarle.

—Libérate de todos esos hijos de puta —dije—. Venga. Atácame y acabemos.

Se quedó inmóvil de pronto, muy abiertos los ojos.

—¿Me juras que será rápido?... ¿Me lo juras por el Gran Perro?

—No creo en el Gran Perro, pero te lo juro. Atácame. Directo a mis colmillos, y no te preocupes. Yo haré el resto.

Le tembló el ladrido.

—¿Estás seguro?

—Lo estoy —abrí las patas, afirmándolas en el suelo, y me dispuse a esperarlo—. Sé muy bien cómo hacerlo. Ya fui luchador antes.

—Dices eso para... —ahora me miraba desconcertado—. Maldita sea.

—Mira mis marcas —insistí—. Mis cicatrices... Conozco esto, ¿comprendes?... Confía en mí.

Agitó la cabeza.

—Me engañas, cabrón. Sabes que no puedo hacerlo.

—No te engaño. Sé lo que digo y lo que hago. Y no tienes otra. Ataca, Cuco... Tú puedes.

—¡Te equivocas! —aulló, y el humano volvió a pegarle—. ¡No puedo!

—Acuérdate de tus abuelos lobos, coño. Échale huevos. Imagina que tu amo, ese al que te robaron, te está mirando. No querrás decepcionarlo, ¿verdad?... Te mira.

Pareció quedarse absorto, de pronto. Casi pensativo.

—Mi amo —gimió.

—Sí. Y te mira, Cuco. ¿Es que no lo ves?... Te mira pelear y piensa: «Buen perro, buen perro».

Tardó un instante, todavía. Un momento en el que inspiró hondo y todo su cuerpo pareció transformarse. De pronto, la expresión aterrada de sus ojos se tornó como alienada, salvaje, y pude ver cómo los viejos instintos olvidados regresaban en su auxilio en aquella hora final y suprema. Y entonces, el pequeño y tímido bodeguero, el cobarde que gimoteaba muerto de miedo, desapareció como por arte de magia; y en su lugar, por un instante, vi a un cánido de verdad. Vi alzar las orejas a un perro que erizaba el pelo de la cabeza y la nuca, mostraba los colmillos y daba un tirón de la correa, lo bastante fuerte como para que el humano que la sujetaba la soltase del collar. Y mientras el griterío y las carcajadas resonaban a nuestro alrededor, ante la imaginaria mirada del amo perdido, aquel pobre perrillo al fin valiente se lanzó derecho contra mí, con las mandíbulas abiertas y los ojos cerrados. Y yo, sintiendo que también me soltaban la correa del cuello, pude alzarme de patas y recibirlo con las fauces abiertas y los colmillos a punto, y morderlo con toda la violencia y celeridad de que fui capaz en el cuello, bajo la mandíbula, allí donde un perro puede ser despachado con rapidez, compasión y limpieza hacia la Orilla Oscura.

7. El que madruga se ayuda

Superé la prueba, por supuesto. Aquella misma mañana tuve derecho a un buen pedazo de carne y a una jaula aparte en los cobertizos de la Barranca, en la zona de luchadores. A los aspirantes a campeón se nos cuidaba como a príncipes, porque para los humanos significábamos la posibilidad de ganar dinero. Ignoro si alguno de ellos me había reconocido de mis otros tiempos, pues del habla humana no manejo más que unas pocas palabras y órdenes breves, e incluso ésas las interpreto, como todos los perros, más por el tono que por lo que realmente dicen. No sé lo que pudieron hablar mis nuevos amos al respecto; el caso es que en mí vieron, o reconocieron, al perro de pelea. Tampoco había que ser un lince para eso, con mi estatura, mis colmillos, mis orejas ligeramente recortadas, mis cicatrices y mi rápida eficacia a la hora de matar. Como yo tenía previsto, el sacrificio del pobre Cuco había servido para algo. Para llevarme allí donde necesitaba estar.

Pasé parte del día tumbado sobre mis patas, procurando no pensar en el bodeguero ni en Tomás, el labrador cansado. Pensar en exceso no es bueno para perros como yo, y mucho menos si tienes sangre en la memoria. Los recuerdos se mezclan con el presente y los sueños se tornan pesadillas, y hay un momento, como dije, en que los sesos parecen moverse en tu cráneo y ya no sabes dónde estás, ni qué es real o no lo es, ni puedes distinguir el presente del pasado. Lo de pensar se lo dejo a cánidos como Agilulfo, que tienen condiciones, tiempo y ganas. Tumbado en mi jaula, a la sombra del cobertizo, me limité a esperar acontecimientos. Y a media tarde hubo otro.

Ocurrió lo inevitable. Los nuevos dueños querían probarme con un perro de más envergadura que el pequeño Cuco: un luchador de verdad. Así que antes del atardecer me vi de nuevo en el coso de arena, esta vez frente a un tipo muy diferente. Nada de sparring, ahora. Se trataba de un dogo alemán de hocico cuadrado, orejas recortadas y pecho poderoso, de esos a los que los humanos llaman gran danés. Aquéllas eran ya palabras mayores, pero a un veterano como yo no se le escaparon los detalles. Al primer vistazo comprendí que no libraríamos un combate a muerte, pues los humanos no iban a permitir que dos buenos ejemplares de pelea se destrozaran sin más. El que me pusieron delante, trincado como yo por la correa mientras nos enseñábamos los dientes, no era un luchador sonado que sirviera de carne de cañón para otro en pleno ascenso, sino un ejemplar vigoroso y joven, entrenado, en buena forma. Sus músculos y sus colmillos desnudos lo probaban.

Quise razonar. Vamos a llevarnos bien, le ladré. Un paripé convincente y luego cada uno a su jaula. Pero pinché en hueso. Aquél era un perro joven seguro de sí mismo, en plan figura. Con ambiciones de estrellato. Se creía Bolt, o uno de ésos del cine o la tele. Y en vez de responder se cerró en ladridos de desafío, dando tirones a la correa, como si no me oyera.

—No merece la pena ir en serio —insistí.

—Te voy a destrozar —largó al fin, muy sobrado—. Abuelo.

Tiempo atrás, lo de abuelo me habría tocado los huevos. Le habría dicho algo. Pero llevaba tiempo a este lado de la colina. Lo miré con frialdad de arriba abajo, suspiré hondo, me concentré en el asunto y, con un tirón inesperado, arranqué la correa de manos del humano que me sujetaba y me abalancé sobre el danés.

No se lo esperaba, claro. El cantamañanas estaba ocupado arrugando el hocico y enseñando los dientes. Ladrando que se iba a comer crudo al abuelo, etcétera. Así que el abuelo se le echó encima, mordiéndole el hocico por el belfo superior junto a la trufa, que duele a rabiar. Hice allí una buena presa, y luego dejé caer todo el peso de mi cuerpo a un lado, desequilibrándolo. Al verme suelto, el humano que retenía al adversario dudaba entre soltar la correa o mantenerla sujeta, y aproveché tales instantes —ya dije que los perros tenemos un sentido diferente del tiempo y el movimiento— para zarandear bien al danés, que en ese momento echó atrás las orejas, me empujó con las patas y quiso retroceder, seguramente para ganar terreno y atacar; sin que yo se lo permitiera, pues no solté su hocico hasta que lo puse panza arriba. Aquello duró sólo un momento, pero fue suficiente. Alguien agarró mi correa desde atrás, tirando fuerte, y me apartó de mi adversario.

—Hijoputa —ladró el danés, incorporándose.

Se pasaba la lengua por el belfo, que le sangraba. Un buen desgarro.

—El que madruga se ayuda —respondí.

Nos mantenían alejados cinco o seis pasos uno de otro. El danés me miraba con desconcertado rencor.

—¿Qué tal el abuelo? —me choteé.

No dijo nada. Gruñía sordamente, amenazador. Y eso era casi todo.

—No vale la pena —insistí—. Esto es un tanteo, no una pelea de verdad. Nadie te pide hoy que te juegues la vida.

—Vete al carajo.

—Quizá otro día... Hoy me quedo por aquí.

Los humanos nos aflojaron un instante las correas, a ver qué hacíamos, y los dos dimos fuertes tirones, ladrando con ferocidad. Llegamos casi a rozarnos los hocicos y alzar las patas delanteras antes de que nos alejaran de nuevo. Todo muy canónico, muy de manual, pero aquello estaba visto para sentencia. Aunque su aspecto seguía siendo imponente, el danés tenía ahora empequeñecidos los ojos, el belfo retraído, la frente aplastada y las orejas hacia atrás. Detalles que no me pasaron inadvertidos. Para un humano inexperto eso no significaba gran cosa, claro; pero para un perro todo estaba claro como el agua. Quien hacía eso se estaba cagando de miedo, o sea. Literalmente.

—Dejémoslo por esta vez, compañero —dije, sereno—. Ya hemos cumplido.

Y después, alzando una pata, marqué la arena con una tranquila y larga meada.

Poco después de anochecer estaba tumbado en mi jaula, dormitando. Había sido un día duro, y realmente necesitaba descansar. Entonces oí un roce próximo en la tela metálica de mi jaula. Abrí los ojos y vi una sombra. Unos ojos relucientes y una sombra.

—¿Quién coño eres? —ladré bajito.

—El dogo con el que te enfrentaste al llegar a la Cañada —fue la respuesta.

Hice memoria. Y no sin esfuerzo. Demasiados perros habían pasado por mi vida en las últimas veinticuatro horas humanas. Al fin recordé. Era el vigilante que encontré, o me encontró él a mí, al llegar a las chabolas. El perro guardián con el que había peleado hasta que sus dueños me atraparon.

—¿Tu nombre? —inquirí.

—Ni puta idea, oye. Nunca lo supe, o nunca lo tuve.

Había acercado su cabeza a la mía, al otro lado de la tela metálica, y gruñíamos en tono muy bajo. Cuchicheando. Al estar más próximo, un poco de claridad lunar que entraba por un ventanuco del cobertizo me permitió verlo mejor.

—¿Qué haces aquí? —quise saber.

—Curiosidad.

—La curiosidad mató al gato.

—No hay problema. Yo soy perro.

Me gustó el tono. La manera en que se arrimaba, olisqueándome, y frotaba su trufa con la mía. No parecía guardarme rencor.

—Quiero hacerte una pregunta —dijo de pronto, a bocajarro—. ¿Por qué no me liquidaste ayer por la noche, en la pelea que tuvimos?

Lo miré, sorprendido.

—No pude, supongo —dije al fin—. No te dejabas.

—Eso es mentira. Luché con todas mis ganas, y tú también. Sentí tus colmillos justo sobre las venas del cuello... Pero cuando podías haberme despachado, no lo hiciste.

Lo pensé un momento.

—No era necesario, supongo. No me gusta matar.

Me dirigió una ojeada incrédula.

—¿Que no te gusta qué?

—Matar, he dicho.

Lo oía reír entre dientes, resoplando con la lengua fuera.

—No es eso lo que dicen de ti.

—¿Y qué dicen?

—Que hoy te cargaste a un sparring y le diste un buen susto a Olaf, el danés, que no es un cualquiera. Y que ya anduviste antes en estas cosas.

—¿Quién dice eso?

—Se corre el ladrido, ya sabes. De aquí para allá. Radio Perro.

—¿Y qué más dicen?

—Que has venido voluntario, pese a llevar collar con chapas y toda esa murga. Lo que significa que o eres un maldito psicópata, o debes de estar mochales.

Nos quedamos callados un momento. Al poco enderecé las orejas. Seguía intrigado.

—Aún no me has dicho qué buscas aquí —comenté.

Pareció reflexionar.

—Sólo quería darte las gracias —se encogió de rabo—. Me permitiste seguir vivo y conservar mi trabajo.

—No es un trabajo muy digno —opiné—. Guardián de esta mierda.

Encajó aquello con mucha deportividad.

—Como luchador ya no seguiría vivo —respondió—. He tenido suerte. Aquí tengo la comida asegurada. En cuanto a los perros que vienen y van, pues bueno... Es triste, pero cumplo con mi deber y ayudo en lo que puedo.

Agité la cabeza, comprensivo.

—Mejor ellos que uno mismo, supongo.

—Exacto.

Lo pensé un poco. A diferencia de los humanos, los cánidos apenas conocemos la hipocresía. Somos lo que somos, y punto. Animales honrados. Y aquel dogo, pese a su trabajo, no parecía mal tipo. La vida de perros no es territorio fácil, concluí. Cada cual se lo monta como puede. Así que decidí bajar un poco la guardia y le conté mi búsqueda. No con detalle, sólo por encima. Dos amigos: Teo y Boris el Guapo. Según mis informes, habían pasado por allí. Quizá había oído ladrar de ellos.

—Pues claro —respondió.

Y con el hocico, sin apenas esfuerzo, movió el pestillo de mi jaula. Yo lo miraba, asombrado.

—¿Qué haces?

Escuché un jadeo suave. El dogo se estaba riendo.

—Tal vez te apetezca dar un paseo —dijo.

La luna iluminaba los techos de uralita y chapa de las chabolas, y apenas se veía alguna luz tenue tras las cortinas de las ventanas. Caminamos sin ruido, buscando las sombras, para detenernos ante el último cobertizo. Yo estaba intrigado hasta la punta del rabo, porque el dogo no soltaba prenda.

—¿Qué cagarrutas estamos haciendo?

—Tú calla y verás.

Íbamos lomo con lomo. Mi acompañante miraba a uno y otro lado, suspicaz. Cauto.

—Si nos descubren —dijo—, te has escapado y yo te acabo de agarrar, ¿de acuerdo?... Hacemos el número de la cabra y luego vuelves obediente a tu jaula.

—Vale. Pero ¿qué hay de mis amigos?

—Tranquilo, camarada. La paciencia es una virtud.

—Estoy muy tranquilo y soy paciente. Pero dime algo.

Pareció pensarlo un momento.

—Ese tal Teo es un rodesiano fuerte, con buena pinta. ¿Verdad?

—El mismo.

—Lo trajeron hace un par de semanas, con el otro. El elegante. Tu amigo Teo salió de alta categoría, por lo visto. Lo probaron con un par de sparrings. Con uno que era un chusquelillo miserable, lleno de pulgas, se negó a pelear.

—No me extraña. Teo es un can de una pieza. Un perro decente.

—Pues a tu amigo el decente le dieron unas cuantas palizas y lo tuvieron dos días encerrado y en ayunas. Ni agua le dieron... Luego lo echaron al coso de entrenar con un sparring de talla, un mastín del Pirineo algo viejo pero todavía potente.

—¿Y?

—Bueno, ya sabes cómo son estas cosas.

—¿Peleó, quieres decir?

—Y de qué manera... Qué remedio, claro. Encabronado como iba, loco de hambre y de sed, ciego de furia por las palizas, dejó al mastín que hubo que pegarle un tiro... Se lo cargó por completo.

Me paré, estupefacto.

—¿En serio?

—Como te lo cuento. Y desde entonces, por lo que sé, no deja enemigo vivo. Se carga a cuantos le ponen delante. Lo tienen en el Desolladero, compitiendo en serio —me miró con curiosidad—. Conoces el sitio, supongo.

—Sí. Bastante bien.

—Pues vive en las jaulas que tienen allí para los campeones, a fin de no andar trayéndolos y llevándolos desde donde viven los dueños... ¿Ocupaste una alguna vez?

Arrugué el hocico, sombrío. Los recuerdos, cada vez más angustiosos y cercanos, me atenazaban por el gaznate.

—No. Yo era bueno, pero vivía con mi dueño.

—Pues él es más que bueno. Por lo que cuentan, ha hecho ganar un costal de dinero a sus amos. Vive allí y pelea casi cada noche... Según parece, es un luchador nato. Un killer.

Tardé un buen trecho en digerir todo aquello. El Desolladero era un infierno donde sólo la violencia y la crueldad te daban oportunidad de sobrevivir. No podía imaginar allí a Teo, con su mueca irónica de perro listo y sus modales burlones y tranquilos. Con aquella chulería serena y simpática que había seducido a Dido y me había convertido en su amigo.

—En cuanto al otro... —vaciló el dogo.

Sacudí la cabeza, sobresaltado. No era sólo Teo, recordé de pronto. Eran dos.

—Es un borzoi, ¿verdad? —añadió—. Uno de esos lebreles ruskis y finolis.

—Sí. Boris el Guapo. ¿Qué pasa con él?

Nos habíamos detenido ante el último cobertizo. Cuchicheábamos con gruñidos de baja intensidad, para que no nos oyera nadie. Volví a escuchar la risa entre colmillos del dogo.

—Pasa que ya no es tan guapo.

Soy un perro duro, pero me estremecí al escuchar aquello.

—¿Sparring?

—Algo peor.

—No jodas... ¿Peor?

Señaló la puerta del cobertizo.

—Compruébalo tú mismo.

Contuve el aliento mientras me acercaba. El corazón me latía muy fuerte. La puerta no estaba cerrada, y la empujé con una pata. Al entrar, un pálido resplandor de luna penetró conmigo, y en su claridad pude ver, perfectamente, una jaula en la que había una manta raída y sucia. Sobre ella dormían varios perros. Cuatro, conté. Uno de ellos era Boris, pero tardé en reconocerlo porque parecía otro. El Brad Pitt perruno al que yo había conocido semanas atrás, el de los ojos de oro aterciopelados, el del pelo rubio y sedoso de lebrel ruso con pedigrí y abuelos en la corte de los zares, el nacido para posar haciendo posturitas en las portadas de las revistas caninas, era ahora un despojo demacrado, con unas ojeras que le llegaban al hocico, la trufa descolorida y la piel pegada a los huesos.

—¿Boris? —gruñí bajito, incrédulo.

Se removió, soñoliento, al oírse llamar así. Nadie pronunciaba su nombre desde hacía tiempo. Alzó la cabeza, asombrado, y al verme se puso a cuatro patas de inmediato.

—¡Negro!... ¿Eres tú, Negro?

Pegué la nariz a la reja.

—El mismo —dije.

—Reguau.

Vino hacia mí con un pasito lento y cansino. Parecía exhausto. Cambió conmigo unos débiles lengüetazos a través de la tela metálica mientras nos frotábamos los hocicos.

—¿Qué han hecho contigo, Boris?

Cesó en los lametones, estremeciéndose.

—El horror —dijo—. El horror.

Luego echó un vistazo a los otros perros dormidos. Entonces, al fijarme, comprobé que eran perras. Tres hembras durmiendo muy a gusto. Al volverse de nuevo hacia mí, lo hizo gruñendo en voz baja, como si temiera despertarlas con un ladrido.

—Te lo suplico, Negro. Sácame de este infierno.

Oí a mi espalda la risa queda del dogo. Arf, arf, hacía. Y entonces lo comprendí todo. A Boris el Guapo lo habían convertido en un semental.

8. El calvario de Boris

—Desventurado el can —dijo Boris— que nace, como yo, tan guapo.

—¿Estás de coña? —inquirí.

—¿De coña? —me miraba con ojos desorbitados, muy abiertos—. No sabes lo que es esto, Negro. Te lo juro por el Gran Perro. Me tienen hecho polvo.

Eché un vistazo sobre su lomo a las tres hembras dormidas. La verdad es que, de lejos y con la claridad de la luna, tenían un aspecto estupendo. Eran cánidas de concurso, vamos. Perras de rompe y rasga.

—Sólo son tres —observé, divertido.

—Tres, hoy —a Boris le temblaba el ladrido al responder—. Cuatro ayer. Otras cuatro antes de ayer... Tres o cuatro cada día, o sea. ¿Captas el drama?

—Otros matarían por estar en tu pellejo.

—En lo que queda de mi pellejo, querrás decir. Mírame.

—Ya te miro.

—Yo, nada menos. ¿Te das cuenta, Negro?... En los huesos me tienen. Mírame el costillar. No puedo ni con mi rabo. Yo, que no me besaba el ciruelo porque no llegaba, de alto y apuesto que soy, o era... Yo, que en los parques las mataba sólo con los andares; que me paraba delante en postura de certamen canino y se les alteraba la regla... ¿Te haces idea de lo que es esto?

—Me la hago —asentí, divertido—. Vaya si me la hago.

—Yo también —dijo el dogo, atento a la conversación.

Boris lo miró brevemente, con desmayada irritación.

—Exprimido como un limón de paella —resumió—. Así me tienen.

—Exageras.

—Y un carajo de gato, exagero. No siento las patas.

—Consuélate —intenté animarlo—. El mundo va a estar lleno de lebrelitos rusos con tu cara. Todos rubios y sedosos.

—¿Consolarme?... Estoy hecho una mierda, Negro. Todo el día dale que te pego, y no paran de traerlas... Y son insaciables, oye. Tremendas. No sabes cómo son, de verdad. Y cuando se juntan, ni te digo —miró de soslayo a las hembras dormidas—. Aquí tiras un cipote al aire y no toca el suelo.

Solté una suave carcajada perruna.

—Venga ya, Boris. No dramatices. Cualquier cánido macho te envidiaría.

—¿Envidiarme?... No fastidies. Me cambio por cualquiera, sin mirar. Hasta por un sparring me cambio, si me dejan. Me están consumiendo, esas zorras.

—Perras —lo corrigió el dogo, no sin guasa—. Aquí en la Cañada Negra tenemos abolido el lenguaje sexista.

Volvió Boris a mirarlo, agrio. Luego se giró hacia mí.

—¿Quién es este gilipollas?

—El guarda jurado de aquí.

Nos miró alternativamente antes de arrugar el hocico, confuso.

—¿Y te paseas por la Cañada Negra tan campante, con el segurata de colega?

—Cosas de la vida.

Boris tenía el hocico abierto por el asombro.

—Eres el retuétano, tío.

—A veces.

Se quedó pensando un rato largo. Pensando en algo o alguien que no fuera él, quiero decir. En el Guapo, siempre en busca del cristal de un escaparate para mirarse, eso era extraordinario. Al cabo empinó las orejas.

—¿A qué has venido, Negro?

—A buscarte.

Se le iluminó la jeta.

—¿En serio?

—Pues claro.

—Eres grande, amigo. Un pedazo de perro. Olé tus huevos —apoyó la trufa en la puerta de la jaula—. Venga, ábreme esto. Ya mismo.

Moví la cabeza.

—No es tan fácil. Cada cosa a su tiempo.

—¿Qué quieres decir?

Señalé de nuevo al dogo.

—Si te soltamos ahora, este amigo tendrá problemas. Y puede que yo también.

—¿Y entonces?

—Tendrás que esperar un poco. Vengo a buscaros a los dos.

—¿A los dos?

—A ti y a Teo.

El nombre le ensombreció de pronto el semblante. Enmudeció.

—¿Sabes lo que ha sido de él? —pregunté.

—Sí —tras un momento bajó las orejas, y luego la cabeza—. Algo sé.

—Se ha vuelto un matador, me cuentan.

—Y así es —Boris se tumbó abatido, con la cabeza entre las patas, como si de pronto le fallaran las fuerzas—. Eso es lo que se ha vuelto, tu compadre... Un puto asesino.

Nos habíamos ido a un rincón, gruñendo muy bajito para no despertar a las perras. El dogo, buen muchacho, nos dejaba tiempo. Se había asomado al exterior, a echar un vistazo por si algún humano insomne se acercaba. Boris me contaba la captura.

—Teo y yo íbamos por la calle, tan campantes. Habíamos estado lengüeteando un buen rato en el Abrevadero, y me acompañaba a casa —me miró grave, como dudando en añadir detalles—... Ya sabes que esa setter irlandesa, Dido, vive cerca de mis dueños, ¿no?

—Sí —respondí impasible—. Lo sé.

—Supongo que su intención era acercarse luego al jardín. También sabes que Teo es muy bueno saltando verjas —dirigió una ojeada de agobio a las tres hembras dormidas—. Aquí quisiera verlo yo, por cierto, a tu compadre. Saltándose ésta.

—Cíñete al asunto.

—Vale. Íbamos un poco puestos de agüilla anisada, ya sabes, y Margot casi nos echa. «Andate y dejá de tomar», le dijo a Teo. «Y llevá con vos a este atorrante»... Nos fuimos haciendo eses, dejando marcas de meada en cada esquina. Yo, por raza y apostura, soy un perro más bien de derechas, ya sabes. Liberal-conservador... Y Teo, que escora más bien hacia el otro lado, para fastidiarme se puso a cantar La Internacional:

Arriba los perros del mundo
En pie los cánidos sin pan...

Boris lo canturreó bajito, sin dejar de mirar a las perras dormidas. Cauto. Luego se rascó una oreja.

—Salimos así del pasaje de la Rata, donde nos cruzamos con Susa, la putilla. Nos paramos a echar otra meada, y en ese momento una furgoneta se detuvo cerca. Bajaron unos humanos, y a mí me agarraron por el collar.

—¿No te resististe?

—Ni ladrar, chico. Soy un perro pacífico. Los canes de mi clase no andamos por ahí dando mordiscos. Además, aquellos humanos olían peligrosos. Así que decidí esperar acontecimientos.

—¿Y Teo?

—Estaba mamado, como digo. Quizá más que yo; pero se resistió. Ladró y quiso morder al que le puso la mano encima... Sin embargo, aquellos humanos sabían lo que estaban haciendo. Tenían dispuestos lazos de alambre y le trincaron el cuello, arrastrándolo. Casi lo asfixian... Y, bueno. Aquí nos trajeron.

—¿No os usaron como sparrings?

—Al principio sí. Nos metieron en una jaula y nos sacaron al rato. A Teo lo probaron en el coso, enfrentándolo a varios perros. Al principio se negó a seguir el juego, pero al fin tuvo que pelear. Debió de hacerlo muy bien, porque al fin lo vi pasar de vuelta, sangrando y cubierto de sudor, con los ojos enrojecidos por la pelea y babeando sangre de los colmillos. Pero vivo y coleando... Creo que luchó por su vida como un verdadero lobo salvaje. Y no volví a verlo.

—¿Por qué?

—Porque el siguiente en ir al coso fui yo. Imagínate, oye. Lo flipas. Verme allí. Yo, que gané el concurso de Perro del Año... Yo, que...

—Ve al grano.

—El grano es que me soltaron un pitbull que daba miedo verlo: una bestia de patas cortas, bajo y cuadrado como un armario, que apareció echando espumarajos y con esa cara de intelectuales que tienen los pitbulls... Calcula el efecto.

—¿Y qué pasó?

—Que me desmayé al verlo, tío. Tal cual. Creí que era un infarto. Se me fue la cabeza, se me puso negro todo y caí redondo. Una lipotimia.

—No jodas.

—Como te lo cuento.

—A los perros no nos dan lipotimias.

—Pues a mí me dio.

—Ah.

—Me desperté en una jaula, y poco a poco me fui enterando de lo que había pasado. El pitbull se había quedado muy cortado, a media carrerilla, mirando a los humanos como si les preguntara: «¿Qué le hago yo ahora a éste?»... Y entre una cosa y otra, a uno de ellos se le ocurrió que yo era un perro fino, y que seguro que mezclado con hembras de raza daría unos cachorrillos que podrían venderse por un pastizal de dinero humano... Y, bueno, así me libré de aquello —miró de nuevo, con aprensión, a las perras dormidas—. Y pasé de la sartén a las brasas.

Se detuvo en ese punto, melancólico. La claridad de la luna le enflaquecía aún más el hocico y enturbiaba sus ojos, antaño hermosos y dorados.

—Si llego a saber lo que me esperaba —añadió con un suspiro—, me tiro contra el pitbull y me lo como vivo.

Iba a contarle a Boris el Guapo la idea que más o menos tenía en la cabeza, para darle esperanza, pero no me dio tiempo. Nuestros gruñidos y ladridos sofocados, aunque en tono muy bajo, acabaron por despertar a las tres hembras que dormían en la jaula. Ocurrió en el mismo momento en que el dogo guardián entraba en el cobertizo para decirme que espabilara y nos fuéramos de allí.

—¿Qué pasa, cariño? —ladró, soñolienta, una de ellas.

—Nada, amor —respondió Boris—. Unos amigos, que han pasado a saludarme.

—¿Cómo que nada?... ¿Visitas, a estas horas?

Oí a Boris tragar ruidosamente saliva.

—Ya se iban —dijo con desmayo.

—Pues me parece muy bien que se vayan, porque tengo planes para ti.

—También yo tengo planes —ladró otra de las perras.

—Y yo —dijo otra voz.

Se habían despertado las tres, y se acercaron con un trotecillo casquivano hasta nosotros. O hacia Boris, para ser más exactos; pues el dogo y yo estábamos a este lado de la verja metálica.

—La he jodido —gimió Boris.

—No te quejes, compadre —silbó el dogo, admirado del paisaje—. Que como éstas no me las ponen a mí... Te cambio el sitio cuando quieras.

—Pues cámbiamelo, pero ya —ahora Boris me miraba angustiado—. Sácame de aquí, Negro. Por tu madre, sácame. Como te dije, ya no aguanto más.

Me encogí de rabo, pues nada podía hacer yo. Y las cosas como son: las tres cánidas estaban de aquí te espero. O sea. Espectaculares de la muerte. Una, la que había ladrado primero, era una pastora shetland que quitaba el hipo, esbelta y de largas patas. Una especie de Charlize Theron perruna, para que me entiendan. Y las otras, ya digo: una afgana de orejas con melena hasta el lomo y patas que parecían bailar cuando caminaba, y una beagle regordetilla pero compacta, con mucho donde apoyarse. Las tres espléndidas, en todo lo suyo. Y olían a perra en celo desde veinte patas de distancia.

—A ver qué tenemos por aquí —dijo la Charlize, o como se llamara, dándole lengüetazos a Boris. Y no se los daba precisamente en el lomo.

—Quita —dijo él—. Me haces cosquillas.

—Cosquillas, dice que le hago, aquí, el guaperas... ¿Habéis oído, chicas?

—Hemos oído —la afgana, sinuosa, se había colocado delante de Boris con el rabo alzado, para que la olisqueara.

—Vamos a enseñarle nosotras lo que son cosquillas —terció la beagle.

—La noche es joven.

—Y que lo digas, compi yogui.

Boris se pegaba a la tela metálica, angustiado.

—Estoy un poco cansado, chicas... De verdad. Más bien flojo.

Charlize lo miró con sorna. Con aplastante superioridad canino-femenina.

—Eso de flojo se lo dirás a todas, ladrón.

—¿No... esto... no podemos dejarlo para luego?... ¿Cuando me recupere un poco?

—Negativo, cariño. Nosotras no tenemos la culpa de que seas tan guapo.

—Queremos un perro tuyo —dijo la afgana.

—Incluso tres o cuatro —apuntó la beagle—, que es lo normal en estos casos.

—Sí. Una camadita de tres o cuatro cada una.

Exhaló Boris un gemido de horror.

—Es que estoy hablando con estos amigos —balbució.

Ellas nos dirigieron una triple y larga mirada valorativa. Por lo visto el dogo y yo pasamos el examen con buena nota, porque movieron la cola al unísono. Sincronizadas como esas nadadoras humanas de los juegos olímpicos.

—Pues que entren también tus amigos —bostezó Charlize con perruna e indolente lascivia—. Y verán qué bien lo pasamos los seis.

—Hagamos jaula redonda —dijo la afgana.

Boris nos miraba al dogo y a mí, esperanzado.

—Eso —dijo con un hilillo de voz—. Pasad, colegas, pasad...

La beagle se me había arrimado mucho. Me miraba con ojillos dulces, pegada la trufa a la tela metálica.

—¿Y tú de dónde sales, grandullón?

—Es mi amigo Negro —la animó Boris—. Sí. Ahí donde lo ves, todo un campeón.

—¿En serio? —parpadeó, sugerente—. Me fascinan los campeones. Y el otro también parece un tipo fuerte. Todo músculo y lengua. Guau.

Vi de reojo que el dogo guardián dudaba entre unirse a la fiesta o no, y que Boris lo miraba, como a mí, en la confianza de repartirse con nosotros las cargas sociales del asunto. Pero verdes se las habían segado. Yo tenía otras cosas en la cabeza.

—En realidad... —empezó a decir el dogo, indeciso, volviéndose hacia mí.

Lo empujé con el hocico.

—Vámonos, amigo. No es nuestra fiesta.

—Espera —protestó—. Está claro que tu colega necesita que le echen una pata. Si los perros

110

machos no nos ayudamos entre nosotros, ya me contarás.

—Tiene razón —dijo Boris—. A mí ya no me queda ni para un café cortado.

—Tú cierra el hocico —le dije.

—Lo cierro, pero tu amigo ha dado en el clavo. Más solidaridad entre perros es lo que falta en estos tiempos. Así va el mundo como va.

El segurata aún se lo pensaba.

—Razón no le falta —dijo.

Seguí empujándolo con suavidad hacia la puerta.

—No nos metamos en líos, compañero... Conocerás, supongo, el viejo y sabio refrán canino: que cada perro se lama su ciruelo.

Me miró con extrañeza.

—Anda. Yo había entendido que era: que a cada perro *le* laman *su* ciruelo. Ese refrán me parece más sabio todavía.

—Pues lo entendiste mal.

—No fastidies.

—Como te lo digo.

Lo pensó un momento, rascándose el cuello con una pata. Luchando entre el deber y el placer. Al cabo se impuso la profesionalidad y asintió con desgana.

—Tienes razón —dirigió una ojeada melancólica hacia atrás—. Pero mira cómo están esas tres bellezas, oye. Comprende mis dudas.

—Las comprendo. Yo tampoco soy de piedra. Pero ya habrá otra ocasión.

Movió tristemente la cabeza.

—Qué va... Como ésta no habrá ninguna.

Arrimé mi hocico al suyo, mirándolo a los ojos.

—Imagínate que nos pillan, amigo. Porque esas tres son de las que aúllan fuerte.

Se pasó la lengua por los colmillos.

—Y que lo digas.

—Si nos descubren los humanos, tú pierdes el puesto y a mí me cuesta el pellejo.

Se rascó de nuevo, pensativo.

—En eso tienes razón.

—Pues claro que la tengo. Venga. Vámonos.

El dogo emitió un suspiro de resignación mientras salíamos del cobertizo. Miré atrás por última vez y vi a Boris acorralado por las perras. Las tenía encima y apenas se le veía el rabo. Entre las tres le estaban dando las suyas y las del pulpo.

—Cabrones —suplicaba, angustiado—. No os vayáis dejándome aquí... Cabrones.

9. El Desolladero

Regresé a mi jaula, volvió el dogo a sus asuntos de vigilancia, y los tres días siguientes que pasé en la Cañada Negra los recuerdo como una sucesión confusa de aturdimiento y violencia. Parecía que los viejos fantasmas se hubieran unido a los nuevos y que todo estallara atropellándose en mi cabeza. No soy precisamente un perro blando, como saben. He tenido que dar y recibir muchos mordiscos. Pero en este caso me vi obligado a recurrir a toda mi antigua experiencia, a mi sangre fría y a cuanta fuerza de voluntad me quedaba para no dejarme arrastrar a esos abismos oscuros de los que rara vez sale un perro si no es de camino a la locura, o con las patas por delante.

En esos días, los humanos que me habían capturado me pusieron en forma con un entrenamiento infernal basado en carreras de obstáculos, amagos de ataque a cubiertas de neumáticos colgadas, alimentación abundante pero específica y peleas de prueba con otros perros. Esta vez, sin embargo, no se trataba de infelices aficionados como el pobre bodeguero Cuco —no lograba olvidarlo, a mi pesar—, ni tampoco de viejos gladiadores cansados como el labrador al que vi por última vez muerto junto al coso. Ahora me echaban a machos jóvenes y vigorosos, en plena forma, aspirantes a peleas serias, con los que me enfrentaba unos minutos en combates de tanteo, apartándonos los humanos, a tirones de correa, cuando las dentelladas se volvían feroces y uno de los dos, o ambos, buscábamos ciegamente la muerte del otro.

Mi memoria de esos días, como digo, es confusa —sospecho que me ponían alguna droga o substancia estimulante en los alimentos—, pero creo recordar que ante mis colmillos pasaron al menos un par de mastines, un pitbull, un gran danés y un pinscher alemán. De casi todos, excepto del último, obtuve sólo leves mordiscos y arañazos. Del pinscher me acuerdo mejor porque era rápido y muy valiente y porque fue el único que me puso en aprietos, pues antes de que nos separaran consiguió hacerme presa en la oreja izquierda y casi me la arrancó de cuajo, dejándome una herida que tardó en curar.

Todas las noches, cuando me tumbaba tranquilo en mi jaula, bien cenado, dispuesto a esperar lo que me deparase el día siguiente, mi amigo el vigilante dogo venía a verme y me daba el informe técnico de la jornada. Estuviste bien, estuviste mejor, estuviste supremo. Cosas así. El último día me dijo que se había colado en el coso para verme desde un rincón y que lo había impresionado.

—Acojonante, amigo —dijo—. Visto allí pareces otro.

—Soy otro —respondí.

—Eres el que supongo eras. O vuelves a ser... Llevo aquí año y medio y nunca he visto un luchador que se adapte con tanta rapidez. En tres días has conseguido una forma física que ya quisieran muchos jóvenes con largos entrenamientos.

—Hay cosas que no se olvidan.

—Como matar, supongo.

—A ti no te maté.

—Es cierto —el dogo se acercó un poco más, mirándome muy fijo—. Aunque ¿sabes lo que creo?... Si ahora me pusieran delante de ti, sin nadie para separarnos, me despacharías en cuatro dentelladas. Sin reconocerme.

—No es verdad. Somos amigos.

—No hablo de aquí. Hablo de tú y yo en el coso, sobre la arena.

No respondí a eso. Nos habíamos tumbado los dos con la cabeza sobre las patas, a uno y otro lado de mi jaula.

—Me despertaste la curiosidad —añadió el dogo, cambiando de asunto—, así que me he informado más sobre ti. Resulta que durante un tiempo fuiste el rey del Desolladero. Por ti, los humanos apostaban verdaderas fortunas... ¿No es cierto?

—No hagas caso de todo lo que cuentan.

—Lo que cuentan es que destrozaste perros por docenas. Y lo más asombroso, también cuentan que después de eso lograste retirarte y salir vivo de allí... Algo que sólo consigue un perro luchador de cada cien.

—Tuve suerte.

—La suerte sin cabeza sirve de poco.

—Si tuviera cabeza, no estaría aquí.

El dogo seguía estudiándome con una mezcla de curiosidad y respeto. Al cabo emitió un jadeo suave.

—Traigo buenas noticias —movía la cabeza, dubitativo de pronto—. Aunque no estoy muy seguro de que sean buenas de verdad.

—Ya te diré lo que son. Desembucha.

—Al parecer, los humanos también te han reconocido. Saben quién eres. Te ven en plena forma y quieren sacar partido. Mañana vas al Desolladero. Hay prevista media docena de peleas, con apuestas altas.

Me quedé inmóvil mientras mi corazón daba un latido en falso, uno de menos, antes de recobrar su ritmo normal. Nos habíamos quedado en silencio, mirándonos. La idea se asentaba despacio en mi alterada cabeza. Por fin me veía cerca de mi objetivo final.

—¿Se sabe contra quién lucharé?

Negó con la cabeza, y sentí que la ansiedad me ganaba.

—¿Sabes si mi amigo Teo estará también allí?

—De eso no sé nada.

—Ojalá tenga suerte y lo encuentre.

—Pues no sé qué decirte. Sería mucha casualidad que te emparejaran con él en un combate. Pero si es así y no lucháis a muerte, date por jodido. Os matarán sin piedad, a los dos.

Permanecí otro rato en silencio, pensando. O intentando pensar, porque con las nieblas de mi cabeza no era fácil.

—Te has portado bien, amigo —concluí—. Vuelva o no vuelva de allí, te estoy agradecido.

—No tiene importancia.

—Sí la tiene... ¿Qué has pensado sobre ti? Sobre tu futuro.

Arrugó el hocico, sombrío.

—A corto plazo no hay problema. Seguiré aquí bien alimentado, imagino. De vigilante.

—Algún día te harás viejo.

—Sé lo que quieres decir. Me haré viejo y acabaré como sparring, ¿no?

—Eso creo. Si no te largas antes.

—Quizá lo haga, aunque cuesta renunciar a comida fácil y a unos amos que, sean como sean, son mis amos. Ya sabes. Esa estúpida lealtad que tanto nos ata a ellos y tantos males nos causa, cuando no nos merecen.

—Que es a menudo —apunté.

—No seas injusto. Hay amos estupendos. Todo es cuestión de qué número te salga en la rifa.

Tras decir eso movió tristemente la cabeza. Después miró por la puerta del cobertizo, hacia la luna y la noche.

—¿Sabes una cosa, Negro?... A veces sueño con echarme al monte. Escapar de aquí, alejarme de los humanos y correr por los campos, libre, cazando lo que necesito para comer. Volver a las raíces, ¿comprendes?... Llevar vida de lobo.

—Hay perros que lo hacen.

—Sí, aunque a la fuerza. Abandonados y proscritos. Es difícil renunciar al confort, si no te obligan a ello.

—Nos volvemos canes cómodos, supongo.

Se mostró de acuerdo en eso.

—Exacto. Renunciamos a los sueños. A la aventura. Envejecemos aburguesados junto a la chimenea o el radiador de una casa, royendo las zapatillas de un amo... A veces, hasta que nos rompen ese sueño y acabamos atropellados en alguna carretera, o en lugares marginales y espantosos como éste. Como tú y como yo.

Encogí el belfo en una mueca sarcástica.

—O como el amigo Boris.

El recuerdo del Guapo hizo al dogo resoplar, complacido.

—Retuétanos... Arf, arf —se reía—. Ojalá me mataran a mí de esa manera.

Regresó de madrugada. Desde su marcha yo no había pegado ojo, dándole vueltas a lo que iba a ocurrir al día siguiente. Sopesando los pros y los contras, las posibilidades de encontrar a Teo en el Desolladero. También las de vencer a otros perros o ser vencido. El dogo apareció sigiloso como una sombra y se tumbó junto a la tela metálica.

—He sabido algo más —dijo.

Nos pegamos a la verja. La luna había cambiado de posición y en el cobertizo todo estaba oscuro. Juntábamos la trufa uno con otro para comunicarnos.

—Vas contra un mastín napolitano de sesenta y cinco kilos. Un moloso. Un tipo duro al que llaman Curzio.

—¿Con experiencia?

—Mucha. Tiene unos cuatro años y está en todo lo suyo. Lleva seis meses peleando. Todo un campeón.

Fruncí el belfo. No había visto un moloso en mi vida, pero había oído ladrar de ellos a Agilulfo. Eran perros de combate muy duros, que se utilizaban en la antigüedad como guardianes en las fortalezas romanas. Tenían una gran resistencia al dolor.

—Lo vas a tener crudo, Negro —apuntó el dogo, grave.

—¿Sabes algo de mi amigo Teo?

—Sí, algo sé... Está previsto que vaya después de ti, contra un rottweiler.

El del Desolladero iba a ser un día duro, pensé fríamente. Para todos.

—¿Qué puedes decirme de ese rottweiler?

—Fuerte, aunque joven todavía. Lo que puede ser un inconveniente o una ventaja, según a quién tenga enfrente... Es su segunda o tercera pelea, creo. Pesará lo que tú, más o menos: unos cincuenta kilos humanos. Lo llaman Rambo.

—¿Y qué más sabes de mi amigo?

—No me he enterado de mucho más. Pero debe de estar en buena forma, porque ya ha sobrevivido a varias peleas allí. Las apuestas lo favorecen más que al rottweiler.

—Es un dato.

—Sí.

Nos quedamos callados. Al cabo, el dogo habló de nuevo.

—No pinta bien la cosa, Negro. Aunque ganes tu pelea y tu amigo rodesiano gane la suya, y eso en el mejor de los casos, no creo que lleguéis a veros. Esta vez, por lo menos.

Entorné los ojos, pensativo. Me costaba ordenar las ideas y enfocar las imágenes que pasaban por mi cabeza, pero poco a poco iba perfilando mis intenciones. Fraguando un plan.

—Todo puede ocurrir —gruñí, concentrado en el inmediato futuro—. Todo puede ocurrir.

Me sacaron de la jaula al amanecer, cuando el sol todavía no asomaba y el cielo sobre las chabolas era de un gris plomizo y siniestro.

Yo había tenido tiempo de prepararme para lo que me esperaba, así que caminaba obediente, estoico, entre dos humanos que me conducían hacia una furgoneta. Vi a lo lejos la silueta inmóvil del dogo, que me despedía en silencio.

Entonces ocurrió algo curioso. De algún modo que ignoro, Radio Perro se puso en marcha, como si los otros prisioneros de la Cañada Negra y la Barranca comprendieran lo que ocurría y se lo comunicasen entre ellos. Primero fue un aullido aislado, a modo de pregunta, luego le respondió otro, y al fin fue un coro de ladridos que se extendió por todas partes. Había como veinte chuchos dando bronca a la vez. Se había corrido el ladrido incluso entre los que no me habían visto nunca —es lo que tiene ser leyenda aunque no te lo propongas—. Se llevan al Negro al Desolladero, ladraban, guau, guau, hay pelea y se lo llevan, guau, el Negro vuelve a luchar.

Que tengas suerte, campeón, decían unos; ojalá revientes, hijoputa, asesino, decían otros. Sólo el dogo seguía mirándome de lejos, callado.

Me detuve, alzando una pata para echar una última meada: mi marca, por si no volvía. Negro estuvo aquí. Y mientras lo hacía, por un momento pensé en todos los que ladraban. En aquellos compañeros de infortunio sentenciados a un final infame: perros que, como había dicho el dogo, tal vez un día fueron cachorrillos mimados, felices, arrancados de su sueño confortable por la estupidez y la crueldad humanas, y que ahora, en aquellas sucias jaulas, esperaban su destino como sparrings o como luchadores. Como carne fácil de coso y arena; o, en el mejor de los casos, abocados a un destino de decadencia, miseria, enfermedad y locura. Perros sin dueño, abandonados, robados, secuestrados, perdidos en un mundo sin piedad. Y mientras recorría el breve trecho entre la jaula y la furgoneta, oyéndolos ladrar su desesperación y su tragedia, recordé una de las historias a las que solía referirse Agilulfo cuando Teo y yo dábamos lengüetazos al agua anisada del Abrevadero: algo sobre un tal Espartaco, un gladiador romano; un luchador que se había rebelado contra sus amos y echado al monte con sus camaradas. Un esclavo que había sabido ser libre antes de morir vendiendo cara su piel y de acabar crucificado, o algo parecido.

Entonces me hicieron entrar en la furgoneta y puse rumbo a mi destino.

Aguardar turno antes de una pelea a muerte es una experiencia que no se olvida nunca. Cualquier perro que haya vivido eso sabe bien lo que digo.

Verme otra vez en tal situación disparaba imágenes en mi cabeza, fantasmas terribles que hasta hacía poco creía haber dejado atrás para siempre. A fin de evitar que los perros se excitaran demasiado pronto con la presencia de otros, cada jaula era un cajón de madera individual y cubierto que no dejaba ver nada del exterior. El luchador esperaba su pelea en aquella penumbra, sin acceder a nada de cuanto ocurría fuera excepto a través del olfato y del oído. Y así me encontraba yo, de nuevo, aguardando el momento en que me sacaran a la arena y estallara el griterío humano alrededor. Tenso, concentrado en mí mismo, respirando hondo y pausado, apoyando el hocico en las patas delanteras para evitar que me temblaran. Porque lo peor de todo, lo mismo en el Desolladero que en la vida, no es el combate. Es la espera.

Me toqué la herida de la oreja —recuerdo del entrenamiento con el pinscher— con una pata. Estaba casi cerrada y no escocía, pero iba a ser conveniente mantenerla lejos de mi adversario, que en cuanto la viera intentaría cebarse en ella. Por lo demás, tenía la boca seca y el estómago vacío. Sed y hambre. Eso me martirizaba, pero sabía que era mejor para mí, porque un estómago y una vejiga llenos eran mala compañía cuando luchabas por tu vida. Y eso estaba a punto de ocurrir.

En la escasa luz de mi encierro, la poca que se filtraba por las rendijas y respiraderos de los tablones, podía captar muchas señales exteriores. El coso de arena estaba cerca. Yo lo conocía bien —era la misma nave industrial abandonada, y nada vi cambiado en ella cuando entré—, y por el vocerío humano que llegaba hasta mí supe que la concurrencia era grande y que el espectáculo había comenzado. Entre los gritos podía percibir los ladridos de los perros que se acometían: ladridos feroces de furia y dolor, ladridos de victoria, ladridos agónicos. El olfato, como dije, es el principal sentido de los cánidos, por encima aún del oído; y el olfato me traía información intensa: olor a sudor humano, pero también a sudor animal, a esa espuma característica que cubre el lomo de los perros cuando peleamos. Aunque lo más significativo era el olor a sangre.

Afuera estalló un clamor intenso, que subió de tono hasta el paroxismo, y luego decreció hasta casi el silencio. Un poco después oí ruido próximo, el de un cuerpo arrastrado por el suelo, y también el de unos gruñidos breves y pasos de perro —cojeaba claramente— que era devuelto a su encierro. Y al mismo tiempo capté un doble olor: el de la muerte, que emanaba del cuerpo arrastrado, y el olor de la inmensa fatiga del perro vencedor, a sudor y sangre, antes de que se oyera el ruido de la puerta del cajón y retornara el silencio por un instante.

Después, de pronto, se abrió mi puerta y la luz exterior me deslumbró mientras sentía una correa engancharse en mi collar. Incorporándome sobre las cuatro patas, me pasé la lengua por los colmillos, respiré hondo y procuré vaciar mi cabeza de cuanto no fuera luchar y seguir vivo.

Era mi combate, al fin. En alguna parte de mi confusa memoria, al fondo de todo, gemía el cachorrillo que una vez fui. Lo dejé allí, muy atrás, y salí del cajón, rumbo a la Orilla Oscura.

Había llegado mi hora.

10. Sangre y arena

Cuando peleas con otro perro, lo importante son los reflejos. Los impulsos naturales y el adiestramiento. A la velocidad en que ocurren las cosas en el mundo cánido, no hay tiempo para pensar. Todo discurre demasiado rápido. Por suerte, los años que había pasado luchando no se borraban aún de mi memoria. Sabía por instinto que debía proteger el hocico, las orejas, las patas delanteras y el cuello. Que ésas serían las principales presas a las que apuntaría mi adversario. Así que cuando me vi en el círculo de arena, rodeado de humanos vociferantes, oliendo su sudor y el humo de sus cigarros, ensordecido por sus gritos, procuré borrar todo eso de mi cabeza y me concentré en dos consignas sencillas: protegerme y atacar.

Desde que nos pusieron frente a frente, mi enemigo —un moloso negro con patas marrones, más o menos de mi estatura— y yo empezamos a ladrarnos con ferocidad. Guau, guau, guau, reguau. Lo normal. En realidad no nos decíamos nada fuera del cliché: te voy a matar, hijoputa, tontolhaba y todo eso. Te voy a arrancar a mordiscos las pelotas. Etcétera. Lo natural en estos casos. Diálogos automáticos, ritual de pelea. Rutina previa. Supongo que ni pensábamos siquiera en lo que ladrábamos.

Tras unos momentos de calentamiento, para dar tiempo a que los humanos hicieran sus apuestas, los que nos retenían estaban a punto de soltarnos las correas. Alrededor de nosotros, toda aquella gentuza, toda aquella chusma canalla y despiadada, alzaba la voz en un griterío ensordecedor, animándonos a despedazarnos. Exigiendo sangre y muerte.

—Vamos a ello —le ladré resignado al moloso.

—Ya estás tardando, follagatos.

Era valiente, pensé. Joven y valiente. Aquello iba a ser duro.

Allí no había tácticas que sirvieran de nada, sino rapidez y violencia. Jugársela a cara o cruz. Así que en cuanto sentí el cuello libre, me lancé contra él. Tenía mi enemigo anchos hombros y una boca tan impresionante como la mía. La diferencia era que él debía de tener tres o cuatro años; y yo, con mis ocho a cuestas, ya iba camino del desguace. Pero la experiencia es un grado, y más sabe un perro por viejo que por perro. De modo que la cosa estuvo equilibrada desde el primer choque, patas enlazadas con patas, colmillos lanzando dentelladas feroces, ojos desorbitados a escasa distancia, respiración furiosa, cálida y húmeda del otro en tu hocico, salpicaduras de baba y sangre. Como dicen los humanos, a cara de perro. En esos momentos supremos no sientes dolor; sólo una furia atávica y terrible, y a través del velo rojo que va cubriendo tu mirada, ves en el otro un cuerpo que hay que despedazar, destruir, aniquilar. Mis antiguos genes, los de los mastines que cazaban bárbaros con las legiones romanas o esclavos negros en la selva amazónica, acudieron en mi socorro. Benditos sean los abuelos. Gracias a ellos, a su dureza y su sangre en mis venas, defendí ferozmente mi vida, como un perro valiente y despiadado.

Y vencí.

Por suerte, no tuve que matarlo. O no fui yo quien lo hizo. El moloso se había batido con dureza, tenaz y valiente, hasta la locura. Buscándome las presas en aquellos lugares donde su instinto —los ojos ya no valían de nada en ese cuerpo a cuerpo— le indicaba que yo era vulnerable. Mi oreja herida sufrió también las consecuencias. Pero a su energía, a sus violentos ataques y acometidas, yo opuse siempre mi sólida firmeza de luchador veterano: resistir y, en cuanto el otro aminoraba el impulso por la fatiga o hacía una pausa para respirar, lanzarle dentelladas que en otro perro menos fuerte que él habrían resultado letales. Al fin pude acorralarlo contra el suelo, entre mis patas, aprisionándole el cuello con las fauces y dando furiosas cabezadas que amenazaban con desgarrárselo. De pronto, el moloso emitió un quejido prolongado y gutural, un resoplido agónico, y se quedó casi inmóvil. A muy corta distancia, advertí sus ojos abiertos y suplicantes.

Solté la presa y retrocedí, resollando fuerte mientras mis fauces mojadas de baba y sangre intentaban recobrar el aliento. A diferencia de los humanos, rara vez los cánidos rematamos a un enemigo que se proclama vencido. Aunque los perros somos lo que los amos hacen de nosotros, héroes o criminales, y no siempre un amo está a la altura de su perro, casi todos, excepto los que se vuelven locos, respetamos ciertas reglas caninas. Ciertos códigos como no atacar a cachorros y no liquidar al que se somete, por ejemplo. Así que me quedé inmóvil, erguido, firme sobre mis cuatro patas. Estaba sediento y ofuscado, pero el desenfrenado latido de mi corazón se acompasaba poco a poco. De nuevo mis sentidos recobraban la calma. Oí subir de punto las voces de los humanos, y vi cómo entre ellos se pasaban gruesos fajos de dinero. A mi espalda, una mano me palmeó el lomo, satisfecha, pero se retiró en el acto cuando, volviendo a medias la cara, lancé en su dirección un gruñido y una dentellada de rencor.

Frente a mí, el moloso yacía moviendo débilmente las patas, rebozado como yo en la arena que se le pegaba al pelaje con el sudor y la sangre. Tenía heridas por todas partes. Pobre diablo. Mis colmillos habían hecho un buen trabajo.

Se lo llevaron. Dos humanos fueron hasta él y lo arrastraron fuera del coso. Yo ignoraba la suerte que iba a correr, y lo cierto es que en ese momento no me importaba gran cosa, pues tenía asuntos más urgentes de que preocuparme. Quizá, si las heridas no eran muy graves, mi adversario fuese curado y puesto a punto para otras peleas. De lo contrario, si las lesiones lo habían dejado inútil para sus amos, el destino estaba claro: lo rematarían de un tiro en la cabeza o, en el más cruel de los casos, lo abandonarían moribundo o inválido, a su suerte.

Sentí un sabor amargo en la boca viendo cómo se llevaban al moloso. No importaba cómo había vivido ni cómo había luchado, pensé. A pesar de su lealtad y su coraje, ése era el premio que aguardaba a un gladiador vencido.

Llegó entonces el momento. La ocasión de ejecutar, por fin, lo que tanto había meditado. Y no era fácil, desde luego.

He dicho más de una vez que no soy un perro inteligente, y que mi cabeza, al cabo de tantos años de peleas y confusión, no es un ejemplo de claridad de juicio. Pero mi raza, o mi mezcla de ellas, resulta testaruda. Un perro no es más que una lealtad en busca de una causa. Dadle una idea a uno como yo, un amo o un objetivo en la vida, y se aferrará a ello con los colmillos apretados. Tenaz hasta el sacrificio y la muerte. Con un par. Y así me aferraba yo en ese momento a lo que venía rumiando desde horas atrás. Por supuesto, sabía que era posible que saliera mal. Que me pegaran un tiro allí mismo o me destrozaran a golpes hasta convertirme en un pingajo canino. Pero aquél era mi plan, y no tenía otro.

Cuando se acercó un humano con la correa para sacarme del coso, le volví la cara lanzando un ladrido de advertencia, brutal y salvaje. El mejor de mi repertorio, y eso que tengo unos cuantos. Se detuvo el humano de pronto, desconcertado, y se hizo el silencio en torno al coso.

El humano me insultó en su lengua —el tono era de insultarme, desde luego, algo así como puto perro de mierda— e intentó acercarse de nuevo, lista la correa. Esta vez no ladré, sino que arrugué el hocico aún sangriento para mostrar bien los colmillos, y acompañé el ademán con un gruñido ronco y prolongado, de ferocidad extrema. Uno de esos rumores sordos, amenazadores, peligrosos, inequívocos, que a cualquiera que sepa algo de perros aconsejan mantenerse lejos del alcance de sus mandíbulas. El humano de la correa debía de saber de perros, pues no siguió adelante. A mi alrededor, el silencio era como el aire. Se podía cortar, de puro espeso.

De pronto, otras piernas humanas entraron en mi campo de visión. Junto a ellas colgaba el extremo de un vergajo. Se alzó éste zumbando en el aire, pero yo conocía bien esos azotes —en otro tiempo los había sentido sobre mi lomo— y esperaba algo parecido. Así que antes de que cayera sobre mí, yo había tomado impulso dando un salto adelante, hacia las piernas del humano, que trastabilló retrocediendo a toda prisa. En torno al coso estallaron ahora gritos y carcajadas.

Sonó un chasquido metálico a mi espalda. Aquello era diferente y me volví a mirarlo, despacio. Entonces me encontré con el doble cañón negro y siniestro, apuntándome, de una escopeta de caza.

Hay momentos en la vida de un cánido en los que éste se la juega, como dicen los humanos, a una sola carta. Y en esa carta pesan mucho nuestra reputación y nuestras maneras. Nuestras actitudes. Entre los humanos hay de todo: seres dignos que nos dan educación, amor y felicidad, y seres miserables cuyas virtudes no están a la altura de las de un buen chucho: villanos que envilecen nuestra vida y nos llevan a la tristeza, el abandono, la soledad, el horror y la locura. Entre estos últimos, los malvados, hay también tipos muy diversos, desde el estúpido animal cuya burda bestialidad supera a la nuestra, hasta el que tiene dos dedos de frente y puede razonar con inteligencia.

El humano de la escopeta lo era. Inteligente, quiero decir. O lo eran, al menos, quienes lo rodeaban. No disparó, sino que se acercó muy despacio, sin dejar de apuntarme. Como pensándolo. Yo sabía que aquellas herramientas emitían fuego y muerte, así que me quedé inmóvil, consciente de que no había ladridos ni colmillos capaces de enfrentarse con eso. De que si pestañeaba, estaba listo de papeles. Pero en vez de meter el rabo entre las patas, cerrar la boca y achantarme, permanecí erguido e inmóvil mirando el doble agujero negro, sin renunciar a mi gruñido de feroz advertencia. Con un par de huevos. Dicho de otra manera, tirándome un farol de muérdelo y no te menees. Tampoco era mal modo de acabar, si no había otra, me consolé. Hasta allí habría llegado, y punto. Mejor eso que la furgoneta verde y una inyección en la perrera municipal. Y allí estaba yo, el Negro, firme sobre mis patas, manchado de sudor, sangre y arena, sin esconder mis colmillos amenazantes, a sólo un paso de la Orilla Oscura y casi seguro de encaminarme a ella, cuando oí

131

gritos humanos de protesta, voces que discutían alrededor del coso. Y entonces, mientras el doble agujero negro se apartaba de mi cabeza, echaron a otro perro a la arena.

Mi nuevo adversario era un pastor francés —un beauce, creo que los llaman—; sobre los cinco o seis años, color gris carbón, largo de cuerpo, poderoso y con buen peso y estatura. Llevaba las orejas tan recortadas que apenas se le veían, y una cicatriz grande, todavía fresca, le surcaba desde el hocico hasta el ojo derecho. Paradójicamente, los de su raza son cachorros simpáticos, y bien educados resultan perfectos para los niños. Sin embargo, los viejos y duros instintos los vuelven muy agresivos si sus amos no los crían bien o si los adiestran para la lucha. Y según todas las apariencias, que entre los perros nunca engañan, aquél era el caso.

Había un humano cerca del pastor gabacho, y lo alentaba con voces de ánimo. Yo sabía, por mi experiencia de otros tiempos, que los perros de esa raza tienen una especial dependencia de sus amos, y que la presencia de éstos los enardece mucho al pelear. Eso ocurre con la mayor parte de nosotros, los canes de guarda y defensa, e incluso con chuchos de infantería; pero en el caso de esos pastores franchutes, que se encoñan mucho con los dueños, la cosa llega a extremos inauditos. Hasta la locura, o sea. Bajo la mirada de un amo, oyendo sus voces de aliento, un beauce luchará siempre sin descanso hasta el extremo de su lealtad, dando la vida. Y aquél era uno de ésos.

También era un profesional, desde luego. Más aún que el moloso que lo había precedido. Sabía moverse y sabía esperar, cauto. Tenía más mili que el perro de Gladiator. No ladraba, y los dos nos miramos de lejos con calma, erizado el pelo, calibrándonos bien uno a otro. Se había hecho el silencio en torno al coso, y sólo se oía nuestro gruñido sordo, prolongado y feroz. Nuestra amenaza mutua y nuestra promesa de pelear a vida o muerte. En aquel combate no iban a hacerse prisioneros.

—Date pog muegto, peggo español —gruñó el gabacho, bajito pero claro.

—Antes me vas a chupar el ciruelo —respondí—. Franchute de mierda.

Parpadeó, confuso.

—¿El cigüelo?

—La polla, subnormal.

De pronto, sobre el silencio de los humanos, se oyó la voz del amo. Resonó un grito inicial, y luego una sucesión de órdenes. Supongo —o más bien lo sé— que decían: pelea, como te llames, pelea, machote, adelante, duro con él, adelante, no me dejes mal, eso es, buen perro, buen perro. Yo también había oído esas voces en el pasado, dirigidas a mí. Nadie que no sea perro puede imaginar el estremecimiento de lealtad y orgullo que produce escucharlas mientras peleas; pero ahora no tenía quien me las diese.

Nadie me animaba. Estaba solo en el Desolladero, sin amo ni amigos. Solo con mis colmillos y mi coraje. Y supe con certeza que si no mataba al gabacho, me mataría él a mí.

Ahorro excesivos detalles. En realidad, desde que nuestro mundo, el de los mamíferos carnívoros, existe, siempre se trata del mismo combate, de la misma enloquecida y eterna desesperación. Dentelladas y sangre. La monotonía biológica de mantenernos vivos, de luchar para no perder la vida. La llamada de lo salvaje. Siglos de memoria y horror concentrados en un minuto de violencia cuerpo a cuerpo, guiado por el instinto combativo que, en el pasado, nos permitió a los canes y a los humanos sobrevivir allí donde otras especies, como solía decir Agilulfo, habían perdido el autobús de la supervivencia. Y yo era bueno en eso. Por azares genéticos, o por lo que fuera, estaba dotado de tal instinto. Poseía fuerza, ferocidad, condiciones. Ansias de seguir vivo un rato más. Y volví a demostrarlo.

El gabacho era muy bueno en el arranque, pero flojo en mantenerlo. En seguida intuí que su eficacia estaba en el ataque inicial, en la violencia con que se lanzaba contra el adversario, apabullándolo con su vigor y su fiereza. Pero yo era perro viejo. Capaz de soportar el dolor, de aguantar el embate y de reservar fuerzas para cuando el otro flaqueara por primera vez. Así fue, y así lo hice. Cuando comprobó que no me derrumbaba con su acometida, mi enemigo vaciló un instante y se detuvo a recobrar el aliento perdido, a fin de seguir presionando. Pero ahí lo esperaba yo. Sin darle tiempo a rehacerse, ataqué a mi vez. Lo hice directo a su garganta, evitando zafarme en las clásicas presas de orejas u hocico. Desnudos los dientes, rápido y mortal. Y tuve tiempo de ver los ojos desorbitados de aquel infeliz cuando hinqué allí mis colmillos, apretando con toda la fuerza de mis mandíbulas, antes de que un chorro de su sangre hirviente me saltase a la cara, cegándome.

Me enjugué los ojos con una pata y miré alrededor, desafiante. El pastor francés yacía sobre la arena, desangrándose en las últimas convulsiones. En torno al coso, los gritos eran ensordecedores. Alcé los ojos para leer mi destino en la mirada de los humanos que me observaban, y en ellos sólo vi admiración y estupor. Ni siquiera se atrevían a retirar al perro agonizante. Se había hecho un círculo de vacío, de temor tal vez. Y no era para menos, habida cuenta del aspecto que en ese momento yo debía de tener, plantado en mitad del coso: grande y negro, aún agitado por la pelea reciente pero firme sobre mis cuatro patas, erguida la cabeza y desnudos los colmillos bajo el belfo enrojecido, cubierto de sudor y arena, goteando sangre de las heridas que laceraban mi pecho y mi cabeza. Debía de parecerles el mismo diablo.

Hubo, al fin, otro intento de retirarme de allí. Dos humanos se aproximaron con mucha cautela, trayendo en las manos un lazo de alambre que se proponían echarme al cuello; pero no llegaron a acercarse ni cinco patas. Bastó mi gruñido ronco y largo, amenazador, para que se detuvieran en el acto y retrocedieran sin intentarlo de nuevo. En torno, los humanos discutían a voces, y supe que se estaba decidiendo mi suerte. Vi de nuevo la escopeta en manos de uno de ellos, pero esta vez no me apuntaba, sino que pendía, indiferente por el momento.

Todo el cuerpo me escocía, y estaba muy cansado. Habría querido echarme allí mismo y dormir durante noches y días y años y siglos. La sangre me latía en las venas de las patas y batía mis tímpanos, desde donde un zumbido penetrante se colaba hasta el último pliegue de mis sesos. Y supe que ya no podría aguantar mucho más. Que la puerta de mi suerte, tras abusar de ella, se cerraba lentamente, y que el perro lazarillo que guía las almas de los canes muertos se paseaba cerca de allí, moviendo solícito el rabo, listo para acompañarme hasta la Orilla Oscura.

Al fin, uniendo mis postreras fuerzas a mi última voluntad, cerré los ojos y aullé. Lo hice alzando el hocico a la manera de los abuelos, emitiendo un prolongado grito de bravura y desafío. Soy el Negro, bramé. Soy el Negro, sé luchar y sé morir. Y estoy aquí para morir matando.

Entonces abrí los ojos y vi que habían echado otro luchador a la arena. Y que ese perro era Teo.

11. Teo y el Negro

Apenas lo reconocí. Le habían recortado las orejas y el rabo, y se veía más flaco y musculoso. Su pelo trigueño rojizo estaba rapado por todo el cuerpo, y en la piel del lomo, el pecho, las patas y el hocico tenía marcas y cicatrices recientes. Pero lo que me costó más trabajo identificar fueron sus ojos: siempre habían sido de color castaño oscuro, con reflejos dorados —a Dido la volvían loca esos reflejos—, aunque ahora parecían haber cambiado de tonalidad, como si en las últimas semanas las cosas vistas y los horrores vividos los hubieran decolorado hasta convertirlos en dos círculos fríos de escarcha pálida, que miraban el mundo y me miraban a mí como si nada tuviera consistencia real.

—Teo —ladré.

Me miraba inexpresivo, indiferente. Parecía que esa mirada estuviese vuelta hacia el infinito o la nada, ausente de ella toda clase de sentimientos.

—¿No me reconoces? —insistí.

Su única respuesta fue inmovilidad y silencio. Y aquella extraña mirada. En ella no había, comprobé, ni siquiera afán de lucha o desafío. Tampoco reconocimiento. Los dos círculos de escarcha me miraban fijos y lejanos, como si no me vieran; cual si pasaran a través de mí para perderse en el más absoluto vacío. Detrás de esos ojos no había nada.

—Soy el Negro, Teo —ladré de nuevo.

Parpadeó un instante, por fin, como si mi ladrido le trajese algún eco lejano de algo. Pero sólo fue ese momento, y su mirada se volvió de nuevo opaca. En torno a nosotros todos callaban. Ni siquiera se oían las voces de los apostadores.

—Teo —repetí.

Al fin rompió su inmovilidad y se acercó un poco más, dando un ligero rodeo para evitar el cadáver del pastor francés, al que ni siquiera dedicó una ojeada. Estábamos a cinco patas uno del otro, y ningún humano nos sujetaba. Hasta ese momento, Teo no había ladrado ni gruñido ni una sola vez.

Entonces se puso tenso. Conozco las señales de un perro que se dispone a atacar, y él estaba a punto de hacerlo. Un escalofrío me recorrió el cuerpo. Teo había bajado un poco la cabeza y descubría los colmillos.

—He llegado hasta aquí por ti —le dije—. Buscándote.

No parecía escuchar. Ni siquiera oírme. De pronto se lanzó hacia delante sin emitir sonido alguno, en un silencio que resultaba todavía más aterrador. Se arrojó contra mí con una fiereza súbita e inaudita, impulsándose con las patas traseras, y por muy poco no me atrapó en esa primera dentellada. Salté de lado, reuniendo las fuerzas que me quedaban, esquivándolo.

—Por favor, amigo —supliqué.

Oía su respiración violenta y acompasada. Nos movimos un poco en semicírculo, estudiándonos. Yo aún rogándole con la mirada; y él, clavados en mí aquellos fríos ojos de asesino.

—Soy el Negro, amigo. ¿No me reconoces?

Se quedó inmóvil, con la mirada vacía fija en mí. No fui capaz de advertir en ella nada en absoluto. Entonces saltó de nuevo, y esta vez sí nos enlazamos en un abrazo violento y salvaje, con sus colmillos mordiéndome por todas partes y yo, despierto al fin el instinto de supervivencia, mordiendo y peleando a mi vez. En torno a la arena estalló un vocerío humano ensordecedor, pero eso ya no tenía la menor importancia. Éramos Teo y yo, solos ante el mundo, envueltos en un abrazo mortal, peleando por nuestras vidas. Gladiadores sin futuro, sin patria y sin amo.

Nos separamos un instante, lacerados y sangrando. Yo ya no podía más. Aquélla era mi tercera pelea y estaba al límite de las fuerzas que me quedaban. De pronto sentí una honda fatiga, menos física que interior. Un profundo deseo de terminar. Todo en torno a mí se oscurecía lentamente, y comprendí que el luchador que había sido hasta ese momento me abandonaba. Quedaba sólo un chucho cansado, exhausto, con ganas de tumbarse y reposar. Quizá después de todo, pensé, Teo era el perro adecuado para eso. Mi puerta de salida.

—Acabemos de una maldita vez —dije.

Se lanzó de nuevo contra mí, desnudos los colmillos; y viéndolo venir, en lugar de defenderme esta vez, moví negativamente la cabeza mientras permanecía inmóvil. El impacto de su cuerpo me tumbó de espaldas, y sentí sus fauces buscando mi vida. Mejor así, me dije aturdido. Mejor aquí que tirado en un solar, agonizante, o rematado de un tiro o a palos por esos humanos hijos de puta. Mejor entre los dientes del que fue mi amigo.

—Dido —murmuré antes de resignarme a la oscuridad—. Recuérdalo, Teo... Te espera Dido.

Entonces, de pronto, sentí que sus fauces se inmovilizaban. Que no llegaba a cerrar las mandíbulas en la dentellada mortal. Sus ojos estaban muy cerca de los míos, y vi en ellos un relámpago de calor abrirse paso entre la escarcha clara que los helaba. Un parpadeo de lucidez y reconocimiento. Se quedó así un momento, pegado a mí, resoplando su aliento alterado sobre mi cuello y mi hocico. Y la escarcha se trocó en despertar. En repentino asombro.

—Negro —gruñó.

Lo vi apartarse de mí y retirarse despacio, dos o tres pasos atrás. Como si desde allí pudiera reconocerme mejor. Me puse sobre mis cuatro patas con mucho esfuerzo. Nos mirábamos el uno al otro, intensamente. Cubiertos de sudor y espuma de sangre, rebozados de la arena que se nos pegaba al pelaje. Ajenos al griterío en torno al coso; a las voces e insultos de los humanos, que seguían apostando entre ellos mientras nos animaban a continuar acometiéndonos a muerte.

—¿Qué haces aquí? —preguntó Teo.

—He venido a buscarte... Te capturaron con Boris el Guapo, ¿recuerdas?

Sacudió la cabeza, aturdido. No parecía recordar bien, y el nombre de Boris apenas le causó efecto alguno.

—Dido —dijo, pensativo.

—Eso es. Dido y los otros amigos... Agilulfo, Margot... Te echábamos en falta en el Abrevadero.

—Boris —dijo de pronto, como si recordara.

—Eso es.

Volvió a sacudir la cabeza. Parecía querer despejarse de las brumas que lo aturdían.

—¿Te has dejado atrapar para venir aquí?

—Más o menos.

Me miraba, incrédulo.

—¿Por mí?

No tuve tiempo de responder. El clamor entusiasmado de los humanos se había trocado en desagrado e indignación. Y se volvía furioso. Protestaban los apostadores, decepcionados, al vernos pasivos, ladrando bajito y gruñendo sin pizca de agresividad entre nosotros. Dos humanos entraron en la arena. Uno golpeó a Teo en el lomo con el vergajo y otro vino hacia mí, dispuesto el lazo de alambre. Suspiré hondo.

—Quieren pelea, compañero.

Me miró un momento, absorto. Después resopló, asomando la lengua entre los colmillos. Aquella mueca casi me hizo ladrar de gozo. Era un gesto que yo conocía bien: el ademán con el que, en tiempos más felices que aquél, solía burlarse del mundo y de la vida. Su forma de reír. Entonces comprendí que Teo era, de nuevo, el mismo de los viejos tiempos. Tras su largo paseo por los infiernos, mi amigo estaba de vuelta.

—Entonces, démosles pelea —respondió—. Hermano.

Y retuétanos. Vaya si la dimos. Nunca fue tan salvaje nuestro impulso. Nunca tan desesperado y vengativo nuestro coraje. Allí, en el Desolladero, no había amos, sino enemigos. A nadie nos ataba la lealtad. Todo era presa legítima y carne donde hincar el diente. Así que nos abalanzamos contra esa carne humana y esos ojos que de pronto nos miraban con espanto. Lo hicimos mordiendo y desgarrando, aullando nuestro coraje y nuestra furia, mientras nos abríamos paso hacia la salida. En el fragor de la matanza, recuerdo el doble agujero negro de la escopeta vuelto por un momento hacia mí, antes de que Teo atenazase en sus mandíbulas uno de los brazos que la sostenían y yo me llevase, al paso y de un mordisco, media garganta del humano que con ella me apuntaba.

Luego salimos a la noche, empapadas las fauces con el sabor metálico de la sangre humana, gloriosamente fatigados de morder y matar, de ajustar cuentas con aquel mundo bípedo y despiadado, tan ajeno a las duras pero justas leyes naturales. Y mientras corríamos, alejándonos de un Desolladero que nunca como en aquella ocasión mereció tal nombre, respiramos con violento deleite el aire fresco de la noche que limpiaba nuestros pulmones, que nos vigorizaba los sentidos y nos hacía sentirnos, de nuevo, vivos y libres.

Éramos los únicos cánidos supervivientes de aquella noche. Ladramos de ello brevemente cuando al fin, lejos, hicimos un alto para recobrar el aliento. Había salido la luna, y en su claridad pálida se recortaban nuestras siluetas en lo alto de una loma.

—¿Adónde vamos? —preguntó Teo.

—De vuelta a casa —dije—. A la ciudad... ¿Adónde si no?

—A casa... —repitió pensativo.

—Claro.

Se quedó callado un momento. No podía ver su expresión, pero me pareció que meditaba.

—No quedó ningún compañero —dijo al fin.

—Están todos muertos. Excepto tú y yo.

Aún reflexionó un rato más.

—En la Cañada Negra y la Barranca hay otros perros... Una veintena.

Asentí. No había caído en ello.

—Pero ya no es asunto nuestro, Teo.

—Te equivocas —su ladrido tuvo un tono extraño—. Sí lo es.

Me lo quedé mirando con fijeza. La claridad lunar enflaquecía aún más su cuerpo rapado y duro. Vi relucir sus ojos en la penumbra.

—¿Quieres ir allí?

Escuché su risa queda, entre dientes. Más que risa, era un gruñido cruel.

—Liberemos a los compañeros —dijo— y ajustemos cuentas con los secuestradores. Ojo por ojo y colmillo por diente.

Me estremecí al oír aquello.

—¿Sin cuartel?

—Desde luego.

Ladeé la cabeza, mirándolo muy fijo.

—Creía que estabas saciado de venganza, amigo mío.

—Tengo demasiada sed.

—La justicia de los humanos acabará ocupándose de ellos algún día, supongo.

—Comparada con la nuestra, la de los animales, la justicia de los humanos no vale una mierda.

Lo pensé un poco más. El recuerdo de los infelices sparrings en las jaulas, esperando su triste suerte, me conmovió mucho. Pero seguía teniendo mis objeciones.

—También hay cachorrillos entre los humanos de allí —argumenté.

—No veo la diferencia... Cuando crezcan, serán como los adultos.

Me asombró la frialdad con que lo decía.

—También hay amos buenos —opuse.

—¿En la Cañada Negra?

—No sé —me rasqué una oreja, algo confuso—. En la ciudad, ¿no?... En otros lugares.

—Éste es mi lugar, ahora... Aquí me han puesto. No conozco otro.

Nos tocábamos el hocico. Sentí su trufa fría como la muerte.

—Olvidemos, Teo.

—Arf, arf... No me hagas reír, Negro —su risa parecía un gemido—. Cachorrillos o adultos, matemos a cuantos podamos, como en el Desolladero, y que el Gran Perro, o el Dios de ellos, separe a los buenos de los malos.

Me estremecí. Soy un perro curtido, ya saben. Con cicatrices en el cuerpo y en la memoria. Pero aquello superaba mi dureza. También mi capacidad de comprender. Nunca fui, estilo Agilulfo, un intelectual de la violencia cánida. Lo mío siempre fue la violencia a secas. Pero intuí que lo de Teo era distinto.

—Tú no eras así antes —dije, asombrado.

—No recuerdo cómo era, pero sé cómo soy ahora. Sé en lo que me han convertido —hizo un movimiento de impaciencia—. ¿Vienes conmigo?

Caminaba ya ladera abajo, como una sombra siniestra. Como un lobo al que, dejando a sus cachorros en el cubil, el hambre empujase a las tierras bajas. Pero él no dejaba cachorros atrás, y lo que lo movía era la venganza.

—Espera —dije con resignación—. Voy contigo, sí. Pero esta vez no mataré humanos. Te ayudaré, atacando. Pero sin matar.

Rió de nuevo igual que antes. Siniestro y oscuro.

—No te preocupes, ya lo haré yo... Y seguro que en las jaulas no faltará quien me eche una mano.

Tenía razón Teo. No faltó quien ayudara.

Entramos en la Cañada Negra cautelosos al principio, envueltos en la cóncava noche como comandos perrunos. A la vuelta de una jaula me topé con el dogo segurata, que se quedó de piedra al verme allí, a las tantas, vivo y coleando. Le conté lo ocurrido mientras Teo nos miraba un poco de lejos, a la luz de la luna. Y también le conté lo que iba a ocurrir.

—Te toca elegir bando —acabé.

Lo pensó un momento. Su dilema saltaba a la vista, incluso medio a oscuras. Ser leal a amos a los que no apreciaba, o perder el pellejo a patas de dos profesionales como Teo y yo. En principio la elección no era dudosa, pero debo decir en su honor que tardó un buen rato en convencerse.

—Son mis amos, reguau —insistía.

—Gentuza criminal —opuse—. Que vende droga a infelices de su especie, secuestra perros y los manda al Desolladero... Indignos de tu lealtad. Indignos de que los respete un perro.

—Pero son mis amos, coño.

Suspiré.

—Pues decide, colega. Mueres alertando a tus amos o te unes a nosotros.

Lo pensó un poco más.

—Vivir nunca está de sobra —comentó.

—Eso pienso yo.

—Seguir coleando tiene sus ventajas.

—Muchas.

—Y para vivir así, más vale no morirse.

—Me lo has quitado de la boca.

—De acuerdo —se decidió al fin—. Estoy con vosotros, aunque yo no ataco a nadie... Abro jaulas, si queréis, pero nada más.

—Con eso vale —dijo Teo—. ¿Cuántos humanos hay en las chabolas?

—Dos familias. Una veintena, contando cuatro o cinco de sus cachorrillos llenos de mocos.

—¿Tienen armas?

—Lo normal. Un par de escopetas recortadas, navajas y cosas así.

—Pues vamos a ello, que se hace tarde.

Y nos metimos en faena. El dogo se fue a abrir jaulas con las patas y el hocico, como había prometido. Mientras, Teo y yo nos acercamos a las chabolas, apostándonos ante ellas, en la oscuridad.

—Cuando empiecen a ladrar, saldrán a ver qué pasa —gruñó muy bajito mi compañero.

Aguardamos un poco más, inmóviles y tensos. Algo más lejos, ladró un perro. Luego lo hizo otro, y un coro ensordecedor de ladridos estalló atronando la Cañada. Una docena larga de sombras negras empezó a corretear por todas partes, vociferante y ruidosa. Feliz. Aullando su libertad.

Entonces se encendieron luces en las chabolas, se abrieron las puertas, salieron humanos con linternas, y Teo y yo nos lanzamos contra ellos.

12. Sin ley ni amo

La primera luz del amanecer nos iluminó corriendo por los montes, con la ciudad a lo lejos y el cielo rojizo y dorado reflejándose en el curso sinuoso del río. Éramos una veintena de perros que se alejaba de la Cañada Negra, dejando tras nuestros rabos un paisaje de desolación y muerte. Hasta humo se alzaba en la distancia, pues en la refriega —la carnicería, en lo tocante a Teo— se había volcado un brasero y prendido fuego a una de las chabolas.

Nos detuvimos allí, en lo alto de la última loma, junto al camino que bajaba hasta el río para enlazar luego con la carretera que conducía a los puentes y la ciudad. Nuestro grupo estaba formado por razas diversas: había labradores, setters, bracos, canes de pedigrí selecto y también mestizos callejeros de varias clases y tamaños, machos y hembras. Perros robados a sus amos, unos, o capturados en el campo y las carreteras tras verse abandonados, otros. También estaban entre ellos Boris el Guapo y sus tres chicas. Nos congregamos todos sobre la loma, viendo elevarse el sol al otro lado de la ciudad. Desde ella olisqueábamos los efluvios de la contaminación, oyendo el primer ruido del tráfico que despertaba, y a nuestro alrededor y a la espalda sentíamos los olores naturales del campo, el aroma a tomillo, retama y resina. Una brisa suave agitaba las ramas de los álamos, que parecían relucir en aquella luz con el envés claro de sus hojas.

En ese punto se alzó una asamblea de ladridos, gozosos unos, preocupados otros. Algunos de nuestros compañeros, los que habían sido robados a sus dueños, se impacientaban y querían regresar a toda prisa para reunirse con ellos. Otros, más prudentes o precavidos, argumentaban los peligros que aguardaban en el camino, la carretera donde podíamos ser atropellados, los humanos con mala intención, los laceros de la furgoneta verde que patrullaban las calles. No querían ir de Guatemala a Guatepeor. También estaban los conscientes de lo que había ocurrido: de la matanza en la Cañada, en la que pocos habían participado —casi todo fue cosa, en realidad, de Teo, mientras yo peleaba sin rematar a nadie y procurando dejar a salvo a los cachorrillos humanos—, y de las consecuencias que todo aquello podía tener para nosotros.

Mientras todo eran ladridos y razones contrapuestas, yo miraba a Teo. Flaco y musculoso, como dije, rapado y con aquellas cicatrices y orejas recortadas que acentuaban su aspecto peligroso y feroz, mi amigo permanecía callado, un poco aparte, escuchando el ladroteo de nuestros compañeros de aventura. Tras un momento me acerqué a él, inquisitivo.

—¿Y ahora, Teo?

Tardó en responderme. Me miraba de modo parecido a cuando nos encontramos en el Desolladero, con aquellos ojos que se habían vuelto claros y fríos y que reflejaban la luz naciente del día. Por fin arrugó un poco el hocico, donde la sangre humana formaba una costra coagulada, asomó la lengua entre los colmillos y compuso una sonrisa. No era ésta un gesto amable, sino más bien una mueca distante. Cruel.

—Yo me quedo —dijo.

Dediqué un momento a digerir aquello.

—Tienes una dueña, Teo —argumenté—. Tienes una casa... Vine a buscarte para devolverte allí.

—He dicho que me quedo. Ni tengo dueña ni tengo casa.

Tragué saliva.

—¿Y Dido?

Acentuó la sonrisa, más cruel y amarga todavía.

—Sabrás explicárselo —dijo—. O quizá no sepas, pero da igual.

Miraba a los otros perros, que se agrupaban mientras discutían, ladrando y moviendo el rabo. Entre ellos, junto a su harén canino que no se despegaba de él ni con agua hirviendo, Boris el Guapo nos observaba de lejos, medio avergonzado, sin atreverse a dirigirnos la palabra mientras escarbaba tierra con una pata. Al abrirle la jaula en la Cañada Negra, se había limitado a salir corriendo y mirar la refriega de lejos. El capricho de las nenas no era precisamente el héroe de las batallas. También andaba por allí el dogo segurata, que se había echado al monte con todos. Teo se quedó un rato contemplándolos, pensativo.

—¿Recuerdas lo que una vez nos contó Agilulfo? —preguntó de súbito—. ¿Aquello sobre un gladiador romano que se sublevó contra sus dueños?

—Sí —dije—. Un tal Espartaco, me parece.

—Puede que fuera ése. No recuerdo bien. Pero sí que anduvo por los campos, luchando contra sus antiguos amos, sublevando a millares de esclavos que lo seguían.

—Esas cosas ya no ocurren, Teo... Además, son cosas de humanos.

Me dirigió una mirada sarcástica.

—¿Estás seguro?

Miré a nuestros compañeros perros con cierto escepticismo.

—Sé adónde quieres ir a parar. Pero son otros tiempos, como digo. Ahora los humanos tienen medios para acabar con cualquiera en pocos días.

—Puede que sí, y puede que no —miró en torno con un suspiro hondo—. Aún quedan campos, bosques y montañas donde una jauría resuelta puede refugiarse. Arroyos donde encontrar agua, conejos que atrapar, ganado al que atacar para comer... Lugares donde ser libres, como nuestros primos los lobos.

—Los lobos son profesionales, conocen su oficio. No han hecho otra cosa en su vida y lo llevan en las venas... Pero los perros, sobre todo los de ciudad como nosotros, estamos acostumbrados a una existencia fácil: galletitas de perro, pienso canino y todo eso.

—Fácil hasta que deja de serlo.

Me quedé mirando con mucha fijeza sus ojos fríos. Su extraña media sonrisa.

—Espartaco y su gente —objeté— acabaron en la perrera municipal de allí, la de los romanos o lo que fueran. Los sacrificaron a todos. Punto final.

—Tal vez. O seguro que sí. Pero mientras ese momento llegaba, fueron libres... Sin ley ni amo.

Seguíamos mirándonos con intensidad, muy cerca el uno del otro. De pronto sentí una inmensa congoja subirme del pecho a la garganta y a los ojos, como cuando era un cachorrillo y sentía la soledad. La angustia de la vida.

—No iré contigo, Teo.

—Lo sé.

Me volvió el rabo, dirigiéndose hacia el grupo de perros.

—Cuida de Dido, compañero —dijo, ya sin mirarme.

Al llegar entre los otros, que le abrieron paso con extremo respeto, se subió de un salto a una piedra. Se veía majestuoso, espléndido con sus cicatrices y su aspecto de luchador. Estampa de guerrero indomable, con fauces y patas cubiertas de una costra parda de sangre humana.

—¡Oídme, perros! —aulló.

Y así lo recordaré siempre, erguido, arrogante y libre, rodeado por los perros que lo vitoreaban. Recortado en aquel cielo cada vez más dorado y luminoso.

Ocho meses después, salía yo del Abrevadero de Margot con Agilulfo y Mórtimer, el teckel, cuando nos topamos con Fido, el perro policía.

—Ya sabéis lo de Teo, supongo —dijo.

Lo miramos con sorpresa. Nada nuevo conocíamos de mi antiguo amigo. Sólo estábamos al corriente de que, seguido por la mayor parte de los perros liberados, acabó buscando refugio en las montañas. Apenas media docena habíamos regresado a la ciudad. El resto, incluidos Boris el Guapo, su harén y el dogo mestizo, se había ido con él para formar un grupo salvaje que, poco a poco, engrosó con la llegada de otros proscritos abandonados o fugitivos. Y con el paso del tiempo, aquella jauría se había vuelto aún más dañina que una manada de lobos. Una especie de peligrosa guerrilla perruna. A menudo recibíamos, a través del mundo de los humanos, noticias de sus incursiones: periódicos arrugados con fotos, alguna imagen entrevista en la televisión de nuestros amos o en las tiendas de electrodomésticos con escaparates a la calle. Perros echados al monte causan estragos, decían. Bandoleros de cuatro patas asolan el campo. Protestan los ganaderos, pastores y demás. Imágenes de caballos, terneras y ovejas destrozados, apriscos y establos ensangrentados. Los perros asilvestrados siembran el terror. Etcétera.

—¿Qué es lo de Teo? —pregunté.

—Que a cada cual le llega su hora. Al fin le echaron el guante.

Sentí que se me paraba el corazón.

—¿Cómo ocurrió?

—Les tendió una emboscada esa policía rural de los humanos, la Guardia Civil. Pillaron a varios atacando un redil de ovejas. Se estaban dando un banquetazo cuando les fueron encima. Teo estaba con ellos... Era el jefe, claro.

Yo seguía estupefacto.

—¿Se dejó apresar vivo?... Me extraña.

Fido se encogió de rabo.

—Por lo visto, lo atraparon en un lugar sin salida... Los guardias humanos fueron rápidos y no tuvo tiempo de nada antes de verse con un lazo al cuello. Cayeron él y alguno más.

—Mala suerte —dijo Mórtimer con pesadumbre.

Asintió el perro policía.

—Y que lo digas. Podéis imaginar lo que le espera, si es que no ha ocurrido ya: perrera, inyección y a dormir el sueño eterno... Imagino que a estas horas andará, con sus colegas, camino de la Orilla Oscura.

—Dulce et decorum est pro canis libertas mori —solemnizó Agilulfo, grave.

—Quien mal anda mal acaba —tradujo Fido a su manera.

Agilulfo enarcó una ceja, molesto. Doctoral.

—No he dicho eso exactamente.

—Bueno, pero lo digo yo, ¿vale?... Teo era carne de inyección municipal.

—Pobre chico —comentó Mórtimer—. Era un gran tipo.

Lo miró Agilulfo con filosófico reproche.

—¿Pobre, dices?... ¿Teo?... Nada de eso. Pensadlo un poco. Ha sido feliz ocho meses, corriendo por los montes y los campos. Como él quería: libre. Un maquis canino. Con sus camaradas perros.

—Y sus camaradas perras —puntualizó Mórtimer, relamiéndose el hocico—. Que no habrán sido, reguau, mala compañía durante todo este tiempo.

Asintió el can policía.

—Eso sí, desde luego —convino, ecuánime—. Ellas siempre se le dieron bien.

—Más que bien. Se le dieron fenómeno. De cine... A su lado, Rodolfo Perrostino era un simple meafarolas.

—Pues imaginadlo en el campo —terció Agilulfo—. Entre pinos y torrentes cristalinos, en plan bucólico, y él de líder... Se habrá puesto hasta las trancas.

—Pues eso se lleva por delante, ¿no?... Que le quiten lo vivido.

Cesaron en su ladroteo para mirarme los tres, de pronto indecisos, pues yo no había abierto la boca ni tenía cara de charla. Siguió un silencio incómodo.

—Bueno, Negro, lo siento —murmuró al fin Fido en tono de pésame, como si acabara de caer en la cuenta—. Sé que erais muy amigos. Sé que...

Lo dejó ahí. Todo el mundo perruno de la ciudad estaba al corriente de lo ocurrido en el Desolladero y la Cañada Negra. Y de mi papel en ello. Pero ya dije que aquel can, aunque policía y poco listo, no era un mal tipo.

—Nos vemos —dijo, despidiéndose.

—Buen servicio —le deseó Mórtimer.

—Gracias —de pronto Fido pareció recordar algo—. Saluda a Dido de mi parte, Negro... ¿Cómo se encuentra?

—Bien.

—¿Tan preciosa como siempre?... Creo que seguís juntos, ¿no?

—Así es. Ahora voy a verla.

Me dio con el rabo, bonachón. Cómplice.

—¿No hay cachorrillos en camino, paisano?

—No —respondí—. Afortunadamente.

—Eso ganas en tranquilidad. ¿La saludarás por mí?

—Claro.

—Pues recuérdale que dentro de una semana tienen que renovaros a los dos la vacuna de la rabia.

Seguimos los tres, Agilulfo, Mórtimer y yo, nuestro camino con un trotecillo corto y tranquilo. Nadie hablaba de Teo. Estábamos ya cerca del puente, próximos a despedirnos, cuando el teckel se detuvo, señalando con la pata doblada y el hocico, igual que un perro de muestra, una tienda de electrodomésticos.

—Mirad, tíos —dijo.

Nos acercamos al escaparate. Había allí varios televisores encendidos, y todos repetían lo mismo. Era un telediario, como dicen los humanos. Un noticiero local. No podíamos escuchar el sonido ni sabíamos leer las palabras que aparecían escritas bajo las imágenes, pero sí interpretar éstas.

—Es lo de Teo —dijo Agilulfo.

Pegamos los tres el hocico al escaparate. Las imágenes mostraban un paisaje parecido a un campo de batalla: las puertas de un aprisco rotas, el suelo ensangrentado y media docena de ovejas panza arriba con cara de panolis, hechas cisco a dentelladas. Más muertas que mi abuela. Era evidente que alguien se había dado un buen festín con ellas. Después salía un pastor muy enfadado, hablándole al micrófono mientras señalaba la matanza. Y al cabo, entre dos humanos guardias civiles que vigilaban, la cámara se acercaba a la reja de una jaula.

—Retuétanos —exclamó Mórtimer—. Vaya desparrame.

En la jaula, tras los barrotes, todavía con manchas de sangre parda en el hocico, sucios, con el pelo revuelto y los ojos brillantes, había dos perros. Uno era un chusquelillo menudo, paticorto, de ojos grandes y oscuros —me recordaba un poco a Cuco, el bodeguero al que yo había matado en la Cañada Negra—, que miraba a la cámara con aire arrepentido y lastimero, en plan muy sobreactuado, al estilo de esos delincuentes humanos que, al ser pillados con las manos en la masa, aseguran que roban y matan porque tienen hambre y la sociedad los hizo como son. Intentando, hasta el final, incluso en el corredor de la muerte, convencer a los jueces de que son inocentes. Por la cara. Y si cuela, cuela.

—¿Qué dicen las letras? —quiso saber Mórtimer, impaciente.

—No lo sé —respondió Agilulfo—. Pero el asunto está claro. Los pillaron de marrón, en plena faena, zampándose ovejas a dos carrillos.

—Pues no han dejado una viva.

—Tendrían hambre, supongo.

—Eso no es sólo hambre —Mórtimer movió las orejas, escéptico—. También ganas de juerga, ¿no creéis?... Menuda escabechina han hecho.

El otro perro en la jaula era Teo. A diferencia del pequeñajo, al que superaba en tres palmos de estatura, mi antiguo amigo no intentaba congraciarse con nadie. Miraba a la cámara erguido y firme, desafiante, como diciendo: «Lo haría otra vez en cuanto me soltarais». Nunca lo había visto tan imperturbable, tan seguro de sí. Permanecía sentado sobre las patas traseras, musculoso y duro, con las fauces ensangrentadas y aquellos ojos que seguían pareciendo cuajados de escarcha, pero que ahora mostraban un brillo entre resignado y divertido. Un relampagueo irónico.

—Como Espartaco —comentó Agilulfo, admirado.

Entonces, en la mirada del perro que había sido mi mejor amigo, y que parecía dirigida a mí como si me adivinase al otro lado de la cámara que lo grababa, pude leer con facilidad el balance de su existencia, y nuestra amistad, y los combates del Desolladero, y aquellos ocho meses de aventura aullando al cielo estrellado en las noches de luna, corriendo por los montes al frente de la jauría formada por canes antaño fieles al hombre que, traicionados, habían acabado juntándose con otros hermanos de

159

exilio. Con otros proscritos sin esperanza, ley ni amo. Y comprendí que Teo llegaba al final que él mismo había elegido, y que lo hacía sereno, saciado de libertad, de carne tierna de oveja, de agua fresca de arroyo y, supuse, de perras guapas. Tras ajustar cuentas con los humanos y con la vida. Satisfecho y feliz.

Sonreía Agilulfo a mi lado, melancólico. Casi solemne.

—Ha visto atacar naves en llamas más allá de Orión —dijo.

—Con dos cojones —apostilló Mórtimer.

Entonces sentí una agradable paz, porque supe con toda certeza que Teo iba sin dolor ni remordimientos rumbo a la Orilla Oscura.

Las Matas, agosto de 2017

Índice

Este libro se terminó
de imprimir en Sabadell, Barcelona,
en el mes de abril de 2018